어촌 심언광 연구총서 03

어촌 시 평설

어촌 심언광 연구총서 03

漁村詩評說

어촌 시 평설

보리 거두어들이는 가을에 자유 김광철의 시에 차운하다

높다란 누정에 홀로 서서 보전편을 노래하고

곧이어 동으로 서으로 밭두둑을 돌아보네.

두 가닥 상서로운 보리는 바람 속에 향기롭고

아홉 이삭 아름다운 벼는 시절 비에 잘 자라네.

반가울사 농부님네 남쪽 이랑에서 흥을 돋우고

기꺼울사 선비님네 북쪽 창가에서 잠을 잔다네.

하늘은 응당 농가의 괴로움 생각하실 것이니

팔곡성 별빛이 올해도 풍년을 빚어내겠네.

창성관에서 유숙하다

마을 삽살개는 황량한 변방에서 짖어대고

돌 성곽은 산 밑동을 주발처럼 에둘렀네.

환한 달빛은 봉화불을 미혹하고

변방 소리들은 꿈속 혼을 휘감네.

날샐 무렵에는 오히려 딱따기를 치고

해 저물어야 비로소 성문을 여네.

농사짓는 백성들의 애처로운 일상

발간사

어촌 심언광漁村 沈彦光은 문학사적으로 16세기 전반을 화려하게 수놓았던 인물이다. 강릉 출신으로 관직에 오른 후 청요직淸要職을 두루 거치며 촉망받던 인물이었으나 당대 정치 상황에서 밀려나면서 강릉으로 낙향하였고 끝내 복권되지 못한 채 생을 마감하였다. 공의 사후 후손들에 의해 850여 수에 이르는 주옥같은 한시와 명문名文들이 『어촌집』으로 간행되어 오늘에 전해지고 있다.

조선 최고의 문장가이자 평론가였던 허균은 어촌의 한시에 대해 "웅혼하고 도타우며 화려하고 아름답다."라고 극찬 할 만큼 뛰어난데 오늘날 그의 시를 접하고 조명할 수 있는 것은 모두 『어촌집』이 전해졌기 때문이라고 할 수 있다.

강릉문화원은 지난 2006년 각고의 노력 끝에 『국역어촌집』을 발간하였고 이후 그의 문학과 사상을 조명하는 학술연구와 학술도서 발간, 문학의 밤 행사 등을 통해 어촌을 규명하기 위한 작업을 끈기있게 진행하고 있다. 이번 『어촌 시 평설』도 그런 노력의 일환으로 발간되는 것으로 어촌 선양사업을 초기부터 함께해온 박영주 교수의 헌신과 그의 학문적 내공이 고스란히 담긴 매우 뛰어난 작품이라고 할 수 있다.

850여 수에 이르는 어촌의 한시 중 작품성과 의미를 지닌 90편을 선정하고 이를 정확하면서도 문학성 높은 우리말 번역과 명쾌한 해설로 풀어냈다. 한시漢詩는 한자가 가지는 의미의 다양성과 함축성으로 인해 원시原詩의 맛과 느낌을 살려 번역하기가 매우 어려운 작업이다.

박영주 교수는 한시를 제대로 연구한 국내 몇 안 되는 학자이며 방대한 고전古典을 섭렵하고 더불어 작가적 감수성과 창의성을 겸비하였기에 이 책에서 어촌 시의 품격과 맛을 고스란히 전달해 주는 놀랍고 소중한 성과를 만들어 냈다.

역사 속에 깊이 잠들어 있던 인물을 발굴하고 연구하는 작업은 하루아침에 이루어 질 수 없다. 오랜 시간에 걸친 조사와 연구가 적층되는 가운데 작지만 유의미한 성과들이 하나 둘 쌓이면서 실체에 대한 접근이 가능하고 완성도가 점점 높아지는 것이다. 이번 『어촌 시 평설』은 그런 의미에서 어촌 연구를 진행한 지난 10년의 노력과 성과가 바탕이 되어 이루어진 작품이라고 할 수 있기에 그 가치가 남다르며 많은 분들이 이 책을 통해 어촌을 느끼고 이해할 수 있는 지침서가 될 수 있기를 바란다.

힘든 와중에도 혼신을 다해 집필해주신 박영주 교수에게 다시 한 번 감사드리며, 아울러 자문위원으로 함께해주고 계신 박도식 교수와 지원을 아끼지 않은 강원도, 강릉시 그리고 삼척심씨대종회에도 감사를 드린다.

2015년 12월

강릉문화원장 최 돈 설

책머리에

문학 작품은 감수성의 원천이자 감동의 보고로서 우리의 삶을 윤택하고 풍요롭게 이끄는 촉매 역할을 해 왔다. 특히 역사적 전통성을 지닌 고전은 그 보편적 가치와 생명력으로 인해 시대와 지역을 뛰어넘어 우리에게 환산하기 어려운 효용과 감화를 끼쳐 왔다.

그렇기에 값지고 풍요로운 삶을 위해서는 조상 전래의 고귀한 경험이 응축되어 있고, 우리에게 마르지 않는 지혜를 제공해 주는 고전과 친해야 한다는 사실은 새삼 강조할 필요가 없을 것이다. 즉각적인 유용성을 보배로 여기는 풍조가 사회 전반에 만연해 있는 오늘에 있어서도 이 점은 여전히 유효하다.

문제는 이같은 사실에 내포되어 있는 동기나 가치의 진정성에도 불구하고, 문학을 통한 감동의 부재 혹은 감동의 상실 시대에 직면한 오늘의 현실에서, 그 원칙적 타당성에 걸맞는 방법과 과정을 통해 현실적으로 그리고 어떻게 의미 있는 것으로 예의 동기와 가치의 진정성을 구현하느냐 하는 데 있다.

읽히지 않는 고전은 장식장 속의 골동품과 같다. 따라서 고전이 단순한 골동품 신세를 면하기 위해서는 우리 가까이에 놓여 있어야 한다. 몇몇 제한된 사람들만이 어루만지고 맛을 느끼는 존재가 아니라, 관심을 가진 많은 사람들이 보다 친근하게 마주하고 즐겁게 음미하는 기호품이 되어야 한다.

작품 감상을 돕기 위한 논평적 해설의 글을 평설評說로 일컫기로 한다. 평설이 추구하는 궁극의 목적은 경험의 공유와 공감에 있다. 그리고 그 경험의 대부분은 작품 음미에 놓여 있다.

'어촌시漁村詩'라는 말을 접하는 순간 대부분 '어촌'을 제재로 한 시를 떠올렸을 듯하다. 이 책은 어촌 심언광(漁村 沈彦光·1487~1540)의 한시를 평설한 것이다. 심언광은 우리 문학사의 16세기 전반을 대표하는 시인 가운데 한 사람이면서도, 그동안 별다른 조명을 받지 못했다. 그러다가 그의 문집 『어촌집漁村集』의 국역본 간행(2006)이 이루어지고, 이후 10년 여에 걸친 학술대회가 집중 개최됨으로써 세간에 널리 알려지게 되었다.

현전하는 어촌 심언광의 한시는 850수다. 이 책은 어촌의 한시 가운데 우선 우리에게 그만의 남다른 사유와 정서의 세계를 선사하는 작품들을 가려뽑았다. 그리고 보다 친근하게 마주하고 즐겁게 음미할 수 있도록 우리말로 풀이하고 평설하였다. 작품 이해를 돕기 위해 한시에 우리말 독음을 달고, 어려운 어휘는 설명을 덧붙였다. 각편마다의 평설 제목은 작품 내용에 맞춰 따로 단 것이다.

이 책은 크게 네 부분으로 이루어져 있다. 제1부 '삶의 애환을 노래한 시'에서는 어촌의 인생역정에서 희로애락의 감정을 형상화한 시편들을 가려뽑아 옮기고 평설하였다. 제2부 '자연 풍정을 노래한 시'에서는 경물시와 유람시를 중심으로, 제3부 '우국애민의 정성을 노래한 시'에서는 경세제민의 이상 실현에 결부된 시편들을 중심으로, 제4부 '시대 체험과 인연을 노래한 시'에서는 어촌 생존 당대의 세태와 풍속으로부터 그와 인연을 맺은 이들과 관련된 시편들을 가려뽑아 평설하였다. 그리고 각 부의 작품 수록 순서는『어촌집』편차에 따라 가급적 제작 연대순에 따르고자 하였다.

책의 말미에는 부록의 형식으로 어촌 심언광 시세계의 전반적 양상과 특징에 대한 논의를 실었다. 참고문헌은 그동안 이루어진 학술적 성과를 중심으로 정리하였다. 어촌시에 대해 좀더 구체적이고 진지한 관심을 갖는 분들에게 도움이 될 것이다.

이 책이 세상에 나오기까지 물심양면에서 지원을 아끼지 않은 강릉문화원과 삼척심씨대종회에 깊이 감사드린다.

지변서실에서

박 영 주

사진으로 보는 어촌 심언광 유물

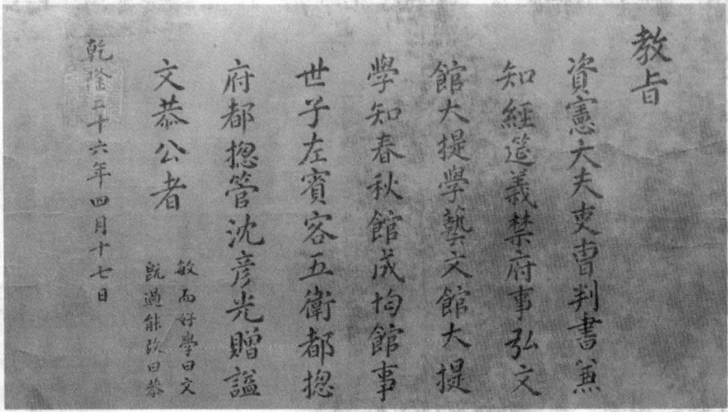

教旨
資憲大夫吏曹判書兼
知經筵義禁府事弘文
館大提學藝文館大提
學知春秋館成均館事
世子左賓客五衛都摠
府都摠管沈彥光贈謚
文恭公者 敏而好學曰文 旣過能改曰恭
乾隆三十六年四月十七日

교지

부채 앞면

부채 뒷면

벼루

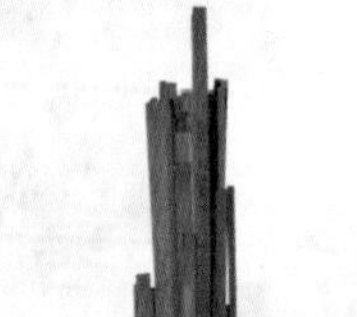

산통

죽간

해운정(1679년 우암 송시열 글씨)

해운소정(1536년 명나라 사신 오희맹 글씨)

경호어촌(1536년 명나라 사신 공용경 글씨)

해운정 역방록(방명록) 표지

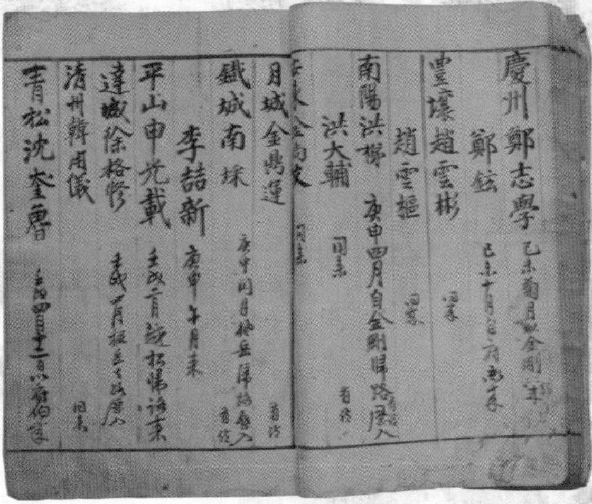

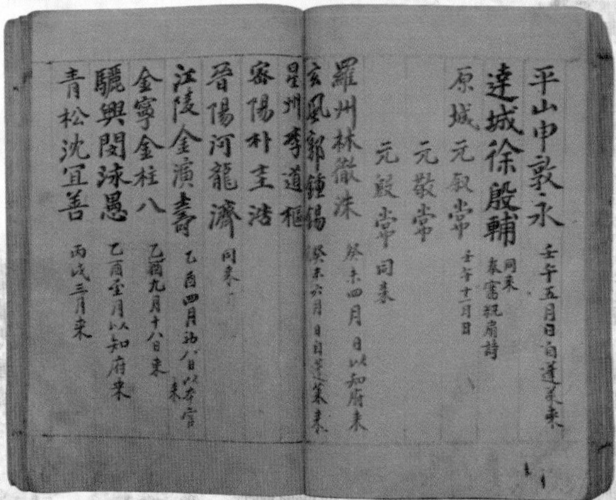

해운정 역방록(방명록) 내용

차례

제2부 자연 풍정을 노래한 시

제3부 우국애민의 정성을 노래한 시

제4부 시대 체험과 인연을 노래한 시

제1부
삶의 애환을 노래한 시

생각을 펴내다

述懷排律五十韻

친구는 구름처럼 모였다 흩어지고
가업은 달처럼 찼다 이지러지도다.
우주는 석 잔의 술이요
강산은 한 수의 시로다.
허리 꺾는 일 참으로 부끄러운데
혀 놀려 무엇을 하고자 하는가.
벽돌 운반한 도간에게 감사를 표했고
뗏목 타려 한 공자님 스승으로 삼았네.

親朋雲聚散　家業月盈虧
친붕운취산　가업월영휴
宇宙三杯酒　江山一首詩
우주삼배주　강산일수시
折腰誠可恥　掉舌欲何爲
절요성가치　도설욕하위
運甓謝陶侃　乘桴師仲尼
운벽사도간　승부사중니

運甓(운벽) 벽돌을 옮기다, 스스로 각고의 노력을 하다. **陶侃**(도간) 진晉나라 정치인. **乘桴**(승부) 뗏목을 타다. **仲尼**(중니) 공자의 자字.

우주는 석 잔의 술 강산은 한 수의 시

머리를 맞대며 뜻을 함께하던 벗들도 한 시절이요, 내내 여전할 성싶던 가업도 한 시대다. 구름처럼 모였다 흩어지고, 달처럼 찼다 이지러진다. 이 세상에 변치 않는 일이 있겠는가. 이 세상 우주는 하늘과 땅과 사람天地人으로 이루어졌으니 석 잔의 술이요, 철마다 풍광을 달리하기에 강산은 그때마다 한 수의 시로다. 이런 세간에 깃들어 살면서 명리名利를 구하고자 허리를 꺾는 일 참으로 부끄러운데, 혀를 놀려 무언가를 도모해 무엇하겠는가. 그저 묵묵히 나랏일에 각고의 노력 기울이면서, 공자님 가르침 따라 경세제민經世濟民의 도 실현에 게으르지 않을지니.

「생각을 펴낸 배율 50운述懷排律五十韻」을 원제목으로 한 작품의 일부다. 어촌 심언광의 세계관이자 인생관의 단면이 잘 드러나 있는 부분이다. 어촌이 추구하는 가치의식과 함께 유가 사대부로서의 이념과 이상 실현의 의지 또한 담담하게 배어 있다. 특히 '우주는 석 잔의 술이요, 강산은 한 수의 시로다.'라는 표현은 호방한 멋이 넘친다.

진나라 도간은 광주자사廣州刺史로 있을 때 매일 아침 벽돌 백 개를 문 밖으로 운반해 놓았다가 저녁에 도로 문 안으로 운반해 들였다. 그 까닭을 물으니 "난세에 나랏일을 하는 이가 몸이 편안하면 안되므로 노고를 익히는 것이다."라고 하였다. 이로부터 스스로 각고의 노력을 하는 것을 '운벽運甓'이라 한다. '뗏목을 타다乘桴'는 『논어』 공야장公冶長 편에 실려 있는 "도가 행해지지 않으니 뗏목이라도 타고 바다에 나갈까 보다.道不行 乘桴 浮于海"라는 공자의 말에 연원을 두고 있다.

기수에게 부치다

寄耆叟

매미 소리 시끄러이 귀에 가득하니
큰 선비의 음률 드물어 쓸쓸하구나.
흰 비단띠 보내는 것 스스로 부끄럽건만
황금보다 귀한 답장 우두커니 기다리네.
홀로 계문에 기대어 시를 읊조리나니
누가 영객의 음영에 화답할 것인가?
이 세상에서 모두 얼굴 알고 산다지만
몇 사람이나 이 마음을 알아주리오?

有耳多蟬噪　寥寥大雅音
유이다선조　요요대아음
自慙投縞帶　空佇答兼金
자참투호대　공저답겸금
獨倚薊門嘯　誰賡郢客吟
독의계문소　수갱영객음
塵中皆識面　幾箇是知心
진중개식면　기개시지심

大雅(대아) 뜻이 높고 재주가 뛰어난 선비. **縞帶**(호대) 흰 비단 띠. **兼金**(겸금) 보통금보다 가치가 몇 갑절 나가는 금. **薊門**(계문) 지금의 북경에 위치한 옛 지명, 여기에서는 화자의 거처. **賡**(갱) 잇다, 화답하다. **郢客**(영객) 초나라 수도였던 영 땅의 과객, 고상한 곡조를 노래하는 시인.

이 마음 알아줄 이 몇이나 될까?

들리는 건 시끄러운 매미 소리 뿐이다. 그런 만큼 고상한 선비의 음률 듣기 어려워 참으로 쓸쓸하다. 마음을 나눈 벗에게 다만 흰 비단 띠 같은 시를 보내놓고는, 황금보다도 귀한 답신을 우두커니 기다린다. 부끄럽기도 하고 부질없는 줄도 알지만, 내 마음을 알아주는 벗이기에 많이도 그립다. 거처에 기대어 외롭게 읊조린다. 누가 나의 속내를 헤아려 화답해 줄 수 있을까? 이 세상에 살면서 알고 지내는 사람이야 많지만, 이 마음 알아줄 이 정녕 몇이나 될까? 그래서 더욱 나는 그대가 그립다.

벗에 대한 그리움을 노래한 작품이다. 기수耆叟는 어촌의 정치적 동지이자 평생의 지기 민수천閔壽千이다. 마음을 알아주는 벗에게 시를 부치면서 답신을 기대하는 심사, 얼굴 마주하고서 주거니 받거니 속내를 털어놓고 싶은 심사가 행간에 가득 배어 있다.

호대와 겸금은 당나라 한유韓愈의 「현재독서縣齋讀書」에 "시문을 보낸 건 흰 비단 띠와 흡사하건만, 화답을 바라는 건 겸금보다 더하네.投章類縞帶 佇答逾兼金"라는 구절을 변용한 것이다. '호대'는 벗 사이에 보내는 선물을 의미하는데, 어촌은 민수천에게 보내는 자신의 대단할 것 없는 시를 여기에 비유하면서, 벗으로부터 '겸금'을 바라듯 답신을 기다린다는 것이다. '영객음郢客吟' 또한 어촌 자신의 시를 의미하는 것으로서, 초나라 송옥宋玉의 글에 "영중郢中에서 노래하는 자가 있어 「양춘백설곡陽春白雪曲」을 불렀더니 화답하는 자가 드물더라."라는 고사에 연원을 둔 것이다. 민수천이 없어서 자신의 시에 화답할 이가 없다는 뜻을 담고 있다.

사상 성번중 세창의 경포대 시에 차운하다

次使相成蕃仲世昌鏡浦臺韻

연꽃만이 돋보이랴 예로부터 이름난 고을에
마름풀꽃 따고 따는 일도 정겹기만 하거늘.
도는 새 날고 고기 뛰노는 데 깃들어 있고
이치는 산 높고 바다 깊은 곳 담겨 있다네.
강호는 쓸쓸하여라 영웅이 떠나갔으니
천지는 유유히도 세월만 흐르는구나.
신선의 비결 술 마시고 깨는 일 아니겠는가
영랑의 자취 남은 돌에 술 흔적 완연하구나.

芙蓉不獨古名城	採採蘋花亦稱情
부용부독고명성	채채빈화역칭정
道察飛潛魚鳥在	理包高下海山成
도찰비잠어조재	이포고하해산성
江湖寂寂英雄去	天地悠悠日月行
강호적적영웅거	천지유유일월행
仙訣未求醒醉外	永郎殘石酒痕明
선결미구성취외	영랑잔석주흔명

使相(사상) 재상의 호칭이 추가된 절도사나 절도사의 호칭이 추가된 은퇴한 재상. **英雄**(영웅) 여기에서는 시문에 뛰어난 문인. **永郎**(영랑) 신라 효소왕 때 화랑으로, 술랑述郎·남랑南郎·안상安詳과 더불어 사선四仙으로 일컬어짐.

천리 유연히 흐르는 경포대에서

탐스럽고 화사한 연꽃만이 어찌 유서깊은 고을에서 돋보이겠는가. 소박하고 수수한 마름풀꽃 따는 일도 정겹기만 하거늘. 이렇듯 도라는 것도 새가 날고 고기가 뛰노는 평이한 일상 속에 깃들어 있고, 이치 또한 산은 높고 바다는 깊은 저절로 그러한 자연 속에 담겨 있는 것을. 누대에서 바라다보는 강호는 쓸쓸도 하다. 무상한 세월의 영웅 떠나가고 없으니. 영원한 게 어디 있으랴. 천지만이 무궁하여 유유히 세월 흘려보내는 것을. 신선의 비결이 어찌 따로 있겠는가. 잠시 머물렀다 가는 삶, 천리天理가 유연히 흐르는 이곳 경포대에서 술에 취했다 깨어나면 시를 짓는 일. 그 옛날 국선 영랑 또한 유서깊은 이곳에서 술 마시며 노닌 흔적 완연하거늘.

경포대에서 조망하는 물상과 정경들을 통해 정연한 천지 자연의 이법을 몸으로 느끼면서, 영웅이 떠나간 강호의 적막함과 세월 덧없이 흐르는 천지의 유유함을 대비적으로 노래하고 있다. 여기에서의 영웅은 무상한 세월의 흐름을 견뎌낼 수 있는 존재로서, 시문에 뛰어난 문인이야말로 진정한 영웅일 수 있다는 생각을 담고 있다. 경포대는 대대로 이름난 시인묵객들이 거쳐간 관동팔경의 명소다. 그래서 어촌 또한 국선 영랑을 떠올리며 신선의 비결을 자문한다. 일상의 정경을 배제하지 않으면서, 풍류의 흥취가 고조됨에 따라 현실초탈의 경지에 이르는 시인의 모습이 눈에 선하게 잡혀 있다.

함련頷聯의 '도는 새 날고 고기 뛰노는 데 깃들어 있고 道察飛潛魚鳥在'는 『시경』 대아大雅 한록旱麓편에 나오는 '솔개는 날아 하늘에 이르고, 고기는 연못에서 뛰노네. 鳶飛戾天 魚躍于淵'에 연원을 둔 것이다. 천지자연의 정연한 질서와 이치의 조화로움이 밝게 드러나는 것을 형용한 말이다.

죽서루 시에 차운하다

次竹西樓韻

안개비는 촉촉히 비취빛 누각을 적시는데
하늘 가르는 서늘한 바람 한가슴 상쾌해지네.
강산은 기약이 있어 사람은 이내 늙어가건만
천지는 무정한 터라 강물은 스스로 흘러가네.
만리 밖 이내 몸 물에 떠도는 허수아비 같으니
백년 세월 어느 곳에 곤궁한 시름 붙여두려나.
세속의 이익 탐하노라 참된 성정 상하게 했으니
푸른 물결 노니는 갈매기 마주하기 부끄럽네.

煙雨濛濛濕翠樓　　九霄涼籟一襟秋
연우몽몽습취루　　구소량뢰일금추
江山有約人將老　　天地無情水自流
강산유약인장로　　천지무정수자류
萬里此身同泛梗　　百年何處着窮愁
만리차신동범경　　백년하처착궁수
黃埃乾沒傷眞性　　羞向蒼波見白鷗
황애건몰상진성　　수향창파견백구

九霄(구소) 하늘의 가장 높은 곳, 구천九天. **籟**(뢰) 통소, 소리, 바람소리. **梗**(경) 나무인형, 허수아비. **黃埃**(황애) 누런 먼지, 세속. **乾沒**(건몰) 요행으로 이득을 얻음, 남의 물건을 횡령함.

이내 몸 물에 떠도는 허수아비

안개비 뿌옇게 내리는 날 죽서루에 오른다. 촉촉히 젖은 대지를 지나 누마루에 앉으니, 한줄기 서늘한 바람에 가슴이 상쾌해진다. 시절을 따라 물색을 달리하는 강산, 그 속에서 살아가는 사람은 세월의 흐름을 따라 점차 늙어간다. 유정한 존재기에 유한하다. 무정한 천지만이 강물이 스스로 흘러가듯 유원하고도 무궁하다. 문득 스스로를 돌아본다. 궁궐로부터 벗어나 만리 변방에 나앉은 이내 몸, 마치 물에 떠도는 허수아비 같다. 하여 어느 세월에 이렇듯 곤궁한 처지에서 벗어나며, 어느 곳에 서글픈 시름 붙여둘 수 있을까. 생각해 보니 이 모두는 세속의 이익 탐하노라 본디의 참된 성정을 상하게 한 데서 비롯된 것. 명예도 이익에도 무심히 푸른 물결 위를 유유히 노니는 저 갈매기 마주하기가 부끄럽구나.

강원도 관찰사 시절, 관동팔경 죽서루에 올라 변방을 떠도는 자신을 돌아보며 고뇌에 찬 심경을 노래하고 있다. 무궁한 생명력을 지닌 천지와 대조되는 인간의 삶, 잠시 머물다 가는 유한한 삶을 반추한다. 그러면서 명리名利를 좇느라 이리저리 떠도는 자신이 마치 물에 떠도는 허수아비 같다는 자각에 이른다. 자기고백이자 자기서사다. 읽는이로 하여금 강렬한 감정적 반향을 불러일으키게 한다.

평릉역에 묵다

宿平陵驛

쓸쓸한 역관 객사에 베개 높이고 누워
허황된 꿈 꾸고 나니 귓속이 멍하네.
동남쪽 땅 지축이며 허공이 갈라지고
푸른 바다 거센 바람 성난 파도를 휘감았으니.

驛舍蕭條旅枕高　　夢醒虛幌耳聊聊
역사소조려침고　　몽성허황이료료
東南地軸中霄折　　碧海驚風捲怒濤
동남지축중소절　　벽해경풍권노도

驛舍(역사) 역으로 쓰는 건물, 관역館驛. **蕭條**(소조) 고요하고 쓸쓸함. **聊**(료) 귀가 울다. **聊聊**(료료) 귀가 멍하다. **地軸**(지축) 대지의 중심. **中霄**(중소) 하늘과 땅 사이의 허공, 중천中天.

허황된 꿈 꾸고 나니

길을 가다 역관 객사에 묵게 되었다. 쓸쓸하기만한 잠자리, 어렵사리 잠을 청해본다. 얼마나 잤을까? 깨어나 보니 귓속이 온통 멍하다. 참으로 허황된 꿈을 꾼 탓이다. 어찌 이런 꿈을 꾼단 말인가! 머물러 있는 이곳 동남쪽 땅 지축이며 허공이 갈라지고, 곁으로 넘실대는 바다에선 거센 바람이 성난 파도를 휘감고 있었으니! 그렇게 멍하게 앉았자니, 심란하기 짝이 없다.

정주하지 못하고 떠도는 삶은 고달프다. 객관에서 이루는 잠이 편할 리 없다. 거기에다 엎치락뒤치락 꿈마저 사납다. 아니, 오히려 꿈이 현실보다 더 산란스러워 심란하기 이를 데 없다. 작품에서 말하는 '허황된 꿈'의 실체가 무엇인지는 알 길이 없다. 다만, 꿈은 현실의 반영이요 욕망이 투사되는 경우가 빈번하다. 그런데 지축과 허공이 갈라지고 거센 바람이 성난 파도를 휘감는 꿈이었다면, 화자가 놓여 있는 상황이나 행로가 결코 순탄치 않음을 억압된 내면 세계, 잠재되어 있는 의식이 은연중 일깨우는 것이 아닐까 싶다. 우리는 안다. 이런 꿈을 꾸고 나면 정말 귀가 멍하다.

평릉은 지금의 강원도 동해시에 속해 있는 지명이다.

고성 도중의 감회

高城道中有感

차가운 모래 시든 풀 빈 들판으로 이어지는데
아스라이 십리 밖 마을에 저녁연기 피어오르네.
돌이 문드러졌으니 문득 천지 오래되었음에 놀라고
국선은 돌아갔건만 부질없이 이름 새겨 놓았구나.
금강산 학 울음 소리에 청산은 저물어가고
봉래섬 구름 깊은데 푸른 바다가 어두워지네.
벼슬살이 넓은 세상에서는 물을 곳이 없나니
쓸쓸한 나그네 회포 갈매기와 논하려 하네.

寒沙衰草接空原　極目人煙十里村
한사쇠초접공원　극목인연십리촌
石爛便驚天地老　仙歸空記姓名存
석란변경천지로　선귀공기성명존
金剛鶴叫蒼山暮　蓬島雲深碧海昏
금강학규창산모　봉도운심벽해혼
簪履三千無處問　客懷憑與白鷗論
잠리삼천무처문　객회빙여백구론

仙(선) 국선, 화랑, 신라 사선. **蓬島**(봉도) 봉래산, 신선이 산다는 전설의 섬. **簪履**(잠리) 비녀와 신발, 여기에서는 벼슬아치. **三千**(삼천) 여기에서는 넓은 세상.

신선의 길은 어디에

바닷가를 따라 걸으며 인가를 찾는다. 늦가을, 차가운 모래 시든 풀이 빈 들로 이어진다. 빈 들 아스라이 건너다 보이는 마을에서 저녁연기가 피어오른다. 쓸쓸함이 묻어난다. 삼일포에 닿는다. 신라 사선四仙의 자취가 남아 있는 곳. 단서丹書가 새겨진 바위는 문드러져 그 유구한 역사에 새삼 놀란다. 사선은 이미 역사의 저편으로 사라졌건만, 아니 신선이 되어 떠나갔건만, 바위에 새겨진 이름[永郎徒南石行]은 부질없게도 남아 있다. 고개를 들어 좌우로 시선을 돌린다. 기이한 봉우리의 금강산은 학 울음소리에 저물어가고, 구름 자욱한 봉래섬은 푸른 동해에 잠기며 어두워진다. 신선의 길은 어디에 있는가? 그러나 사대부 경세제민經世濟民의 벼슬살이 세상에서는 어디에서도 물을 곳이 없다. 그러니 쓸쓸한 나그네 회포, 무심한 듯 자유롭게 천지를 노니는 저 갈매기와 더불어 논할밖에!

늦가을 고성 삼일포를 지나는 감회를 노래하고 있다. 삼일포 역시 관동팔경의 하나로서, 유서깊은 신라 사선의 자취가 뚜렷이 남아 있는 곳이다. 이들로부터 환기된 신선 세계에 대한 동경의 정서가 행간에 가득 배어 있다. 삼일포 호수 한가운데 바위섬에 위치한 사선정四仙亭, 금강산 학 울음소리, 구름 자욱한 동해바다 봉래섬은 신선 세계와 결부된 물상들이다. 그러나 관찰사의 직분을 띠고 순행에 나선 어촌으로서는, 다만 동경일 뿐이기에, 쓸쓸한 인생 나그네길임을 절감한다.

교산 허균은 이 작품을 『국조시산』에 수록하면서 '정감이 풍부하다豊腴'고 평했다. 인생이 쓸쓸한 나그네길임을 다양한 물상과 감각적 이미지들을 통해 형상화하고 있음을 말한 것으로 보인다.

언청에게 보내다

贈彦淸

경포호수 고향집 바닷가에 있는데
꿈결 안개 속 나무 여전도 하여라.
고향 생각하니 천리나 떨어져 있고
세상 떠돈지 삼십 년이나 되었네.
인생사 시절을 따라 곡절변화 많지만
천심은 만물을 아껴 한결같이 돌보네.
맥땅에서 그대를 만나니 이리도 정겹건만
내일 아침이면 마음의 벗 다시 이별하겠네.

鏡水漁村在海堧	夢中煙樹尙依然
경수어촌재해연	몽중연수상의연
懷鄕便隔一千里	閱世還驚三十年
회향변격일천리	열세환경삼십년
人事隨時多逼側	天心愛物獨生全
인사수시다핍측	천심애물독생전
逢君貊國情無柰	靑眼明朝又別筵
봉군맥국정무내	청안명조우별연

漁村(어촌) 여기에서는 화자의 고향집. **堧**(연) 빈터. **閱世**(열세) 세상을 점검하다. **貊國**(맥국) 지금의 춘천. **靑眼**(청안) 좋은 마음으로 남을 보는 눈, 상대어는 백안白眼.

타향에서 고향 친구를 만나

내 고향집은 경포호숫가 아늑한 그곳. 가까이에 바다, 해무가 자주 낀다. 뒤란으로는 소나무, 안개에 덮인 소나무는 꿈속에설망정 옛모습 그대로 의연하다. 많이도 그립다. 고향 생각을 하노라니 문득 천리나 떨어져 있는 이곳에 있다 나는. 고향을 떠나 세상을 떠돈지 어언 삼심년이 되었다는 사실이 새삼 놀랍다. 그동안 참 많은 변화가 있었다. 그래서 생각해보니, 인생사는 시절을 따라 곡절변화가 많지만, 산천은 하늘이 아끼고 돌봐 만물이 온전하다. 이렇듯 새삼 고향을 떠올리게 된 것은 이곳 맥땅(춘천) 낯선 타향에서 고향 친구를 만났기 때문이다. 반갑기 한량없어 자리를 마련하고 고향 이야기에 흠뻑 젖는다. 하지만 이러한 정담도 잠시, 내일 아침이면 마음의 벗 그대와 이별해야 하리니, 아쉬운 눈길 어찌 거둘 수 있을지!

타향에서 만난 고향 친구, 잠시의 기쁨 뒤로 고향 생각 간절해지는 심사를 노래했다. 그 심사로부터 환기되는 여운이 예사롭지 않다. 타향에서 고향 친구를 만나는 것, 시절에 따라 곡절변화가 많은 인생사의 한 국면일 터다. 하지만 가슴속에 자리하여 언제고 선하게 떠올릴 수 있는 고향산천은, 천심이 아끼고 돌보기에 한결같은 존재라는 것이다. 가변적인 인생사의 단면과 항구적인 자연의 섭리를 대조적이며 은은한 필치로 형상화하고 있다.

헤어지며 최생에게 주다

贈崔生爲別

맑은 하늘에 고운 달 마주하니
마음과 일이 모두 유연해지네.
돌을 다듬어 하늘을 메우기도 어렵고
창을 휘둘러 해를 되돌리지도 못하네.
탐욕 생겨나는 것 흐린 세상에 부끄럽고
도리 막히는 것 덕높은 인재 주저앉히네.
두어라 이내 몸도 이제 많이 늙었으니
이내 마음 술잔 기울여도 편치 않구나.

淸霄對佳月　　心事兩悠哉
청소대가월　　심사량유재
鍊石天難補　　揮戈日未廻
연석천난보　　휘과일미회
唾生羞濁世　　道梗坐高才
타생수탁세　　도경좌고재
已矣吾衰甚　　無寧倒酒杯
이의오쇠심　　무녕도주배

鍊石補天(연석보천) 돌을 다듬어 하늘을 메움, 큰 공적을 세움. **揮戈廻日**(휘과회일) 창을 휘둘러 해를 되돌림, 정성을 다해 일을 지속하거나 이루어 냄. **唾**(타) 침, 탐욕. **梗**(경) 막히다, 사납다.

술잔 기울여도 편치 않구나

마음도 일도 편히 가져야 여유가 생긴다. 때로 속도와 경쟁으로부터 벗어나, 하늘도 우러르고 바람이 흐르는 길도 좇을 필요가 있다. 맑은 밤 곱게 뜬 달을 마주한다. 오랜만에 마음과 일이 모두 유연해진다. 돌을 다듬어 하늘을 메웠다는 여와씨女媧氏처럼 큰 공적을 세우기도 어렵고, 창을 휘둘러 해를 되돌렸다는 노양공魯陽公처럼 정성을 다해 일을 이루지도 못한다. 혼탁한 세상에서 탐욕은 부끄러운 것이요, 덕 높은 인재라도 도리가 막히면 주저앉을 수밖에 없다. 그러니 아등바등하지 않아야겠다. 돌아보니 이내 몸도 많이 쇠잔해졌다. 그런저런 생각 때문일까? 술잔 기울여도 도시 마음 편치가 않다.

각박한 일상에서 한걸음 벗어나 마음의 여유를 찾고자 한 작품이다. 쉬 찾아질 리 없지만, 그러면서 삶의 자세를 재정비하는 일은 중요하다. 삶에 어찌 답이 있겠는가. 다만 과정이 있을 따름일 터다. 그러나 또 그래서 마음을 다잡기는 해도, 점차 나이도 먹어가고, 술잔 기울이며 달래도 보지만, 종내 편치는 않은 것이리라.

연석보천鍊石補天은 태고적에 하늘 한쪽이 무너졌는데 여와씨가 오색의 돌을 다듬어 뚫어진 하늘을 메웠다는 고사에 연원을 두고 있다. 휘과회일揮戈廻日은 옛날 노나라 양공이 한나라와 한창 전투를 벌이고 있을 때 해가 마침 서쪽으로 기울자, 창을 잡고 해를 향해 휘두르니 해가 90리나 되돌아왔다는 고사에 연원을 두고 있다.

철산 망운루에 오른 감회

鐵山望雲樓感懷

비통하여라 십년 동안 고향 한번 가지 못해
사친思親 말만 들어도 매양 눈물이 흐르네.
누가 효자 이름 걸어주겠나 외진 땅에 있으니
외로운 나그네 깊이 근심하라 넌지시 가르치네.
공연히 육적의 귤 생각하니 추모의 정 더해가고
일찍이 따뜻한 품 떠나 멀리 온 것 후회스럽네.
혈혈단신 이내 몸 믿고 의지할 데 없으니
다시는 이곳 망운루에 오르지 못하겠네.

一悲桑梓十經秋	語及思親每涕流
일비상재십경추	어급사친매체류
誰揭孝名留僻地	謾教孤客抱沈憂
수게효명류벽지	만교고객포침우
空懷陸橘增追慕	曾絶溫裾悔遠遊
공회륙귤증추모	증절온거회원유
孑孑此身無怙恃	不堪重上望雲樓
혈혈차신무호시	불감중상망운루

桑梓(상재) 뽕나무와 가래나무, 본래 공경해야 할 물건을 의미했으나 뒤에 향리鄕里에 대한 칭호로 사용하게 됨. **陸橘**(육귤) 육적의 귤, 오나라 육적이 원술袁術의 좌상에서 내놓은 귤을 먹지 않고 품에 품고 가 어머니에게 드리자 사람들이 육적을 효자라 한 고사. **怙恃**(호시) 믿고 의지하다.

말만 들어도 눈물이

멀리 떠가는 구름이 절경인 누대에 오른다. 먼 하늘 끝을 바라보노라니 절로 고향 생각이 난다. 비통하여라 십년 동안 한번도 가지를 못했으니! 어버이, 말만 들어도 나도 모르게 눈물이 주루룩 흐른다. 머나 먼 북방, 이곳 평안도 외진 땅에 있으니 어떻게 효자노릇을 할 수 있겠는가! 이곳 누대에 이렇게 올라 있어, 어버이 받들지 못함을 새삼 깊이 근심하라 일깨운다. 두 분 어버이 이미 유명을 달리하셨지만, 산소 한번 찾아 뵙지를 못했으니 더 말해 무엇하겠는가! 육적의 귤을 떠올리니, 공연히 추모의 정만 더해간다. 이럴 줄 알았으면 따뜻한 품을 떠나 애초 벼슬살이 길에 나서지 말았을 것을. 어버이 어느 분도 계시지 않아 믿고 의지할 데 없는 몸, 혈혈단신 외로운 처지를 이렇듯 절절히 일깨우니 이곳 망운루에 다시는 오르지 못하겠구나.

어촌은 9살 때 아버지를, 40살 때 어머니를 여의었다. 이 작품은 50살 무렵에 지은 것으로서, 고향으로부터 멀리 떨어진 타관 땅에서 어버이 그리는 정을 애틋하게 노래하고 있다. 특히 경련頸聯의 '공연히…생각하니空懷'와 '일찍이…떠나曾絶'에서 그 애틋함의 깊이와 절절함을 실감할 수 있다. '부모는 평생 부모'라는 말을 절로 떠오르게 한다. 부모는 평생 주고만 가신다는 뜻과 함께, 어버이 그리는 정은 아무리 나이를 먹어도 다르지 않다는 뜻이 담긴 말일 터다. 애잔하다.

시절 감회

感時

새해 어느 곳에서 아름다운 꽃을 볼까?
늦봄 교외 언덕에 싹이 처음으로 돋았네.
북녘땅 눈 이미 녹으니 한식날 비 내리는데
동풍이 불어와도 두견화는 아직 피지 않네.
구름 비껴흐르는 변방 천리에 흙비가 내리고
기러기 먼 하늘 아득히 날아서 잠겨가네.
끝없는 나그네 시름에 잠을 이루지 못하고
몇번이고 한밤중에 구슬픈 갈잎피리소리 듣는다네.

新年何處見芳華　　春晩郊原草始芽
신년하처견방화　　춘만교원초시아
朔雪已消寒食雨　　東風未放杜鵑花
삭설이소한식우　　동풍미방두견화
雲橫遠塞霾千里　　鴻沒長天杳一涯
운횡원새매천리　　홍몰장천묘일애
無限客愁眠不得　　幾回中夜聽悲笳
무한객수면부득　　기회중야청비가

朔雪(삭설) 북쪽땅의 눈. 霾(매) 흙비. 笳(가) 갈잎피리, 호가胡笳.

구슬픈 갈잎피리 소리

봄이 왔다. 주검의 대지를 뚫고 꽃이 피어나리라. 올해는 어느 곳에서 가슴 환해지는 봄꽃을 보려나? 성 바깥 언덕받이에는 푸릇푸릇 처음으로 싹이 돋았다. 이곳 북녘 땅에도 눈이 녹으니 시절에 맞춰 한식날 비가 내린다. 하지만 봄바람이 불어와도 두견화는 필 기미가 보이지 않는다. 외진 변방임을 새삼 절감한다. 구름 비껴흐르는 변방에 온통 흙비가 내리고, 기러기는 먼 하늘 아득히 날아서 잠겨간다. 고향 생각 간절하다. 화사한 봄꽃을 올해는 고향에서 보았으면 얼마나 좋을까! 시름이 깊어간다. 잠을 이루지 못하는 한밤중, 누가 부는 건지, 구슬픈 갈잎피리 소리만이 몇 번이고 귓가에 머문다.

북녘 변방에서 맞는 봄날의 감회를 노래하고 있다. 음력 춘삼월이 되어도 두견화는 피지 않고, 오히려 흙비가 내려 하늘이 온통 뿌옇다. 맑은 바람 훈훈한 샛바람 속에서 화사하게 피어나는 고향의 봄꽃이 그래서 더 간절하게 그립다. 그러나 쉽지 않을 성싶다. 수심 깊어가는 불면의 밤, 밤의 정적을 가르고 구슬픈 갈잎피리 소리가 비수처럼 귀에 꽂힌다. 퀭한 눈으로 어둠을 응시한다.

'흙비'는 지금의 황사가 섞인 비일 듯싶다. '기러기'는 철새의 이미지와 함께 고향생각을 불러일으키는 소재로서 자주 등장한다.

용흥강을 건너다

渡龍興江

나룻배가 검푸른 물결 가르니
강물은 저절로 물줄기 나누네.
아침 햇살에 맑은 파도 붉어지고
가을 빛에 단풍나무 홍조 머금네.
북관 구름 차갑게 비를 몰고 오고,
변방 기러기 멀리 바람 타고 날아가네.
나그네 귀밑머리 희어져 감에 놀라서
맑은 물결에 수척한 모습 비춰본다네.

輕舟截黝碧　江水自分洪
경주절유벽　강수자분홍
旭影晴波赤　秋光晩樹紅
욱영청파적　추광만수홍
關雲寒帶雨　塞雁遠隨風
관운한대우　새안원수풍
客鬢驚衰邁　淸流照瘦容
객빈경쇠매　청류조수용

輕舟(경주) 가볍고 빠른 작은 배, 나룻배. **黝碧**(유벽) 검푸르다. **晩樹**(만수) 저물녘 나무, 단풍들 무렵의 나무.

세월은 무정하게도

강을 건넌다. 수심이 깊어 검푸른 빛을 띤다. 나룻배가 나아가면서 물결을 가르자, 강물은 저절로 물줄기를 나눈다. 잔잔한 강물에 수파가 인다. 아침 햇살이 수파에 스며들며 붉어지고, 강변에 줄지어 선 나무들은 가을 햇볕에 점점이 붉은 단풍으로 물들어간다. 그것도 잠시, 구름이 차갑게 비를 몰고 오고, 기러기는 싸늘한 바람결을 타고 멀리 날아간다. 북녘 변방의 가을은 이렇듯 소슬한 듯 삭막하다. 이곳에 온지 벌써 몇 해 째인가. 문득 귀밑머리 희어져 가는 것에 놀란다. 맑은 물에 수척해진 모습을 비춰본다. 나도 모르게 입가에서 탄식이 흘러나온다.

변방 가을날의 쓸쓸한 분위기와 덧없이 흐르는 세월을 탄식하고 있다. 세월은 무정하게도 어느날 문득 머리에 서리를 내린다. 그리고는 이내 자고 일어나도 도시 녹지를 않는다. 그러면 우리는 이를 자연의 이법이라 여기면서 잠시 스스로를 위로하다가, 곧바로 깊은 탄식을 쏟아낸다. 이는 아마도 자신이 나이를 먹었다는 무언가 낯설면서도 강렬한 자각일 것이다. 흰 머리는 우리에게 그런 느낌을 준다. 선명한 색조감을 동반한 물상들로 하여 작품 전편에 회화적 이미지가 점점이 묻어난다. 그 회화적 이미지 속에서 변방 가을날의 애상적 정조가 은은한 듯 강렬하게 형상되고 있다.

용흥강은 함남 고원군 각고산에서 발원하여 영흥평야를 가로질러 송전만으로 흐르는 강이다. '기러기'와 '나그네'는 자주 짝을 이루어 외롭고 처량한 이미지, 고향생각 등을 환기하는 객관적 상관물이다.

영동역에서 유숙하며 느낌이 있어 짓다

宿嶺東驛有感

총애와 욕됨 아득하여 스스로 놀라나니
영락한 쇠잔한 목숨 어디에다 붙이나.
하늘가 해질 무렵 고향 그리는 눈물
변방 늦가을 고국 떠나는 마음일세.
구름 낙엽 어지러이 날아 산은 온통 까만데
둥근 달 나직이 비치니 바다는 모두 환해라.
나그네 신세 오늘밤 유난히 시름겨워
차가운 등불 마주앉아 한밤을 지새네.

寵辱悠悠兩自驚	**飄零何處着殘生**
총욕유유양자경	표령하처착잔생
天邊落日懷鄕淚	**塞外窮秋去國情**
천변락일회향루	한외궁추거국정
雲葉亂飛山盡黑	**月輪低照海全明**
운엽란비산진흑	월륜저조해전명
羈愁此夜偏多緖	**坐對靑燈到五更**
기수차야편다서	좌대청등도오경

悠悠(유유) 아득한 모양, 한가한 모양. **窮秋**(궁추) 늦가을. **羈愁**(기수) 수심에 사로잡힘. **緖**(서) 실마리, 가닥, 계통, 마음.

총애와 욕됨 모두에 놀라

이미 아득한 기억이지만 총애도 받아보고 욕됨도 겪어본 스스로에게 놀란다. 이제는 모두가 옛일이 되었고, 남은 인생을 어디에 의탁해 살아야 할지 막막하기만 하다. 변방의 늦가을, 해질 무렵 먼 하늘 끝을 바라보노라면 고향 생각에 절로 눈물이 흐르고, 나라로부터 버림받아 홀로 낯선 땅에 나앉은 느낌이다. 구름처럼 이는 낙엽이 어지럽게 날아 올라 산은 온통 새까만데, 둥근 달이 낮게 떠 비치니 사해 바다는 모두 환하다. 이 생각 저 생각, 생각이 꼬리에 꼬리를 문다. 쌓이는 시름, 잠을 청할 수가 없다. 차가운 등불 앞에 덩그마니 앉아 그렇게 밤을 지새운다.

함경도 관찰사 시절, 영동역 객사에 유숙하면서 느낀 심사를 노래한 작품이다. 중앙 정쟁에서 밀려나 변방 외직을 떠도는 서글픈 심경과 함께, 시름에 겨운 처지를 깊은 사념에 실어 노래하고 있다. 특히 경련頸聯에서 늦가을 싸늘한 바람에 구름처럼 일어 산을 온통 까맣게 덮는 낙엽과, 낮게 떠올라 사해를 밝게 비추는 둥근 달의 대조적 정경을 통해, 암울한 자신의 처지에서 임금의 덕화(총애)를 기리는 심경을 감각적 이미지로 형상화하고 있다. 구절마다 애절함이 가득 배어 있다.

교산 허균은 『성수시화』에서 어촌시의 풍격적 특징을 '웅혼하고 도타우며 화려하고 아름답다. 渾厚浮艶'라는 평과 함께, 어촌 생존 당대 최고 시인 가운데 한 사람으로 일컬어진 호음 정사룡의 시에 견주어 전혀 뒤질 것이 없다고 논하면서, 이 작품을 대표적인 예 가운데 하나로 들었다. 교산의 찬탄은 특히 경련의 시적 이미지와 형상에 초점이 맞추어져 있는 것으로 보인다.

경성 주촌역에서 느낌이 있어 짓다

鏡城朱村驛有感

궁궐 떠나 가을 지나 변방 성에 머무니
낯선 땅 풍경 모두 고향을 그리게 하네.
넓은 강 건너고 싶으나 뱃사공이 없고
겨울나무 말라가도 겨우살이는 매달렸네.
스스로 비웃나니 일신 도모에 곧은 길 아니었음을
오히려 부끄럽네 세상 속여 헛된 이름에 붙들렸음을.
새벽에 문을 열고 푸른 바다 마주하니
아침 해 밝고 밝아 간담을 환히 비추네.

去國經秋滯塞城　　異方雲物摠關情
거국경추체새성　　이방운물총관정
洪河欲濟無舟子　　寒木將枯有寄生
홍하욕제무주자　　한목장고유기생
自笑謀身非直道　　還慙欺世坐虛名
자소모신비직도　　환참기세좌허명
曉來拓戶臨青海　　旭日昭昭照膽明
효래척호림청해　　욱일소소조담명

去國(거국) 서울을 떠남, 궁궐(임금)을 떠남. **摠關情**(총관정) 이백의 「자야오가子夜吳歌」 가운데 나오는 '**總是玉關情**(총시옥관정)'의 용사로서, 본디 전쟁에 나간 남편을 그리워하는 정을 의미, 여기에서는 고향을 그리게 하는 정. **寒木**(한목) 겨울나무.

회한과 자기다짐

임금 곁을 떠나 가을 한 철을 지나 변방 성에 머물러 보니, 주변 풍광이며 물상들이 하나같이 낯설고 편하지 않아 절로 고향 생각이 나게 한다. 지금의 이 험난한 여정에서 벗어나고 싶으나 도와줄 이가 없고, 오늘의 나를 이렇게 만든 요인 또한 말끔하게 없어지지도 않았다. 사실 돌이켜보면 지금의 이런 처지는 자업자득이기도 하다. 나 자신 그동안 곧은 길만 걸었으며, 헛된 이름에 붙들리지 않았다고 할 수 있는가? 돌아보니 스스로 쓴웃음이 나고 세상에 부끄럽기도 하다. 하지만 그렇다고 해서 이대로 주저앉아 있지만은 않으리라. 새벽 문 열어 젖히고 푸른 바다를 마주하니, 밝은 아침햇살이 가슴속 깊숙이 스며든다. 다시 새로운 마음가짐으로 헤쳐나가 보리라!

역시 함경도 관찰사 시절의 작품이다. 모든 것이 낯선 변방을 떠돌며 고향을 그리는 쓸쓸한 심경, 도움을 청할 곳도 달리 벗어날 조짐도 기약하기 어려운 현실, 지금의 처지가 자신의 허물에서 비롯된 것임을 뉘우치는 회한, 다시금 새로운 마음가짐으로 올바른 도리를 행하리라는 다짐을 순차적으로 노래하고 있다. 자신의 현실 상황을 '넓은 강 건너고 싶으나 뱃사공이 없고'로, 자신을 변방으로 내몬 김안로와 그 잔당을 '겨울나무 말라가도 겨우살이는 매달렸네.'로 표현한 함련頷聯의 복합적 비유가 돋보인다. 미련尾聯의 일신된 분위기 묘사와 자기다짐이 청신한 이미지와 더불어 여운을 남기는 것 또한 탁월하다.

바로 앞에서 소개한 「영동역에서 유숙하며 느낌이 있어 짓다 宿嶺東驛有感」와 함께 교산 허균이 『성수시화』에서 어촌시의 풍격적 특징을 언급하면서 찬탄한 또 하나의 작품이다.

꿈속 어머니 얼굴

夢慈顔

꿈속에서 입고 춤을 춘 색동옷 깨어보니 아닌데
입고 있는 것 어머니가 손수 지어주신 옷 분명하네.
낯선 타관 까마귀 소리 어버이 봉양 어여쁜데
고향 산천 우거진 무덤 돌아가 대하기 부끄럽네.
어찌 용납하랴 더러운 물속 고기의 모습을
어디에 자리를 잡나 깊은 숲속 새의 둥지를.
유랑길 벼슬살이 쉬고자 하나 쉬지도 못하고
몇 번이나 눈물 흘리며 봄 햇살을 우러르네.

夢中戱彩覺來非　手線分明在戍衣
몽중희채각래비　수선분명재수의
異域啼烏憐反哺　故山幽草愧當歸
이역제오련반포　고산유초괴당귀
豈容汚瀆魚常象　何處深林鳥可依
기용오독어상상　하처심림조가의
浪道休官休不得　幾回流涕仰春暉
랑도휴관휴부득　기회류체앙춘휘

戱彩(희채) 색동옷 입고 춤을 춤. **手線**(수선) 손 안의 실, 바느질, 어머니가 손수 지어주신 옷. **反哺**(반포) 되돌려 먹임, 효도. **春暉**(춘휘) 봄 볕, 봄 햇살, 어머니 은혜.

풀잎 효성 봄 햇살 은혜

꿈을 꾸었다. 색동옷 입고 어머니 앞에서 춤을 추었다. 깨어 보니 색동옷이 아니다. 하지만 입고 있는 옷은 분명 길 떠나는 아들을 위해 어머니가 손수 지어주신 것이다. 어미새 봉양하는 낯선 타관 까마귀 소리 저리도 어여쁜데, 천리 변방으로 좌천된 이내 몸, 고향 산천에 돌아가 우거진 풀숲에 누워 계신 어머니 대하기 참으로 부끄럽다. 이렇듯 견책을 받고 변방을 떠도는 모습을 어떻게 용납받을 수 있겠는가! 이내 몸, 어두운 숲속에서 깃 드리울 둥지를 찾아 헤매는 한 마리 새의 처지니! 유랑길 벼슬살이, 그만두고자 해도 정작 그만둘 수도 없는 몸. 그래서인지 어머니 생각이 더욱 간절하다. 여린 풀 위로 봄 내내 따사롭게 쏟아지는 햇살과도 같은 어머니의 사랑을 생각하니, 하염없이 눈물이 흐른다.

어머니에 대한 그리움, 그 간절한 정을 노래하고 있다. 나이 70에 어머니 앞에서 색동옷 입고 어린아이처럼 춤을 추었다는 노래자老萊子 고사의 戲彩(희채), 자란 뒤에 늙은 어미새에게 먹이를 물어다 준다는 反哺(반포)는 모두 효성과 관련된 소재들이다.

반면, 手線(수선)과 春暉(춘휘)는 어머니의 사랑과 관련된 것으로서, 맹교孟郊의 「유자음遊子吟·먼 길 나서는 아들의 노래」에 연원을 두고 있다. 오랜 세월 만인의 심금을 울려온 '촌초춘휘寸草春暉', 즉 '한 치의 짧은 풀잎같은 마음이 자식의 효성이라면, 봄 내내 여린 풀잎 위로 쏟아지는 따사로운 봄 햇살과도 같은 사랑이 어머니의 은혜'라는 말이 등장하는 시다. 어촌의 시도 맹교의 시도 읽는이로 하여금 울컥 눈물이 솟게 한다.

안변 용당 시에 차운하다

次安邊龍堂韻

명승에 자리 깔고 멋진 날을 즐기노라니
석양되자 사람 그림자 층층 누대에 드리우네.
이곳에 다다르자 나그네 수심 사라지고
천고의 강산에서 한 잔 술을 마시네.

勝地華筵勝日開	夕陽人影在層臺
승지화연승일개	석양인영재층대
客愁到此消磨盡	千古江山酒一杯
객수도차소마진	천고강산주일배

華筵(화연) 호사스러운 자리. **勝日**(승일) 좋은 날. **千古江山**(천고강산) 아주 오랜 세월 동안 변함이 없는 산천.

천고의 승지에서 한잔 술 마시며

좋은 날을 가려 명승에 자리를 깔고 연회를 벌인다. 그렇게 시작된 연회가 한낮을 지나 석양에 이르자, 기우는 해가 사람 그림자를 층층 누대에 드리운다. 이윽고 일어서야 함을 알리는 듯. 오랜만에 가슴이 시원해진다. 이곳에 앉아 있노라니 어느 사이 나그네 수심도 씻은 듯이 사라진다. 참으로 멋진 곳이다. 사람살이야 곡절 변화가 많지만, 산천은 저렇듯 오랜 세월 동안 변함 없이 의연도 하다. 천고의 승지, 일어서기 전에 한 잔 더 하지 않을 수 없다.

곡절 변화 많은 사람살이는 흔히 사인 커브sine curve에 견주어지곤 한다. 매양 침울한 날만으로도 환희에 찬 날만으로도 이루어지지 않는 것이 사람살이다. 오랜만에 흥겨운 연회를 벌인 듯싶다. 주변 풍광이 수려한 명승에서 벌이는 연회라 그 운치가 더할 나위 없다. 그곳 명승에 앉아 있노라니 '나그네 수심'이 씻은 듯 사라진다고 했다. 변방을 떠도는 삶은 자주 시름을 안기지만, 이렇듯 흥겨운 날이 있음으로 해서 새롭게 활력을 얻기도 할 터다. 하향 곡선을 그리다가도 어느 순간 상승 곡선을 그리는 사인 커브처럼! 천고의 승지에서 거후르는 한 잔의 술, 호쾌한 풍류의 흥취가 넘쳐 흐른다.

안변은 함경도 최남단에 위치한 고을이다. 현재 행정구역상으로는 강원도에 속해 있지만, 조선시대에는 함경도에 속해 있었다.

부사의 시에 차운하다

次副使韻

정자는 멀리 굽이치는 강을 끌어당기고
하늘은 아득히 넓은 언덕을 품어안았네.
유리 구슬빛은 수면 위로 펼쳐졌고
복숭아 오얏꽃은 산허리를 둘렀네.
흰 기러기 찬 물가에 기대어 있고
푸른 나귀 작은 다리를 건너가네.
허전한 이 마음 술로 달래도
내일 아침이면 아득히 멀어지리라.

亭控長江遠　天銜闊岸遙
정공장강원　천함활안요
玻璨開水面　桃李匝山腰
파려개수면　도리잡산요
白雁依寒渚　青驢渡小橋
백안의한저　청려도소교
肝腸托樽酒　雲樹隔明朝
간장탁준주　운수격명조

控(강) 당기다. **銜**(함) 머금다. **玻璨**(파려) 유리. **匝**(잡) 돌다. **樽酒**(준주) 술단지에 담은 술. **雲樹**(운수) 구름에 닿을 듯한 높은 나무.

이별의 정

문득 눈을 들어 바라본다. 정자는 멀리 굽이쳐 흐르는 강이 한눈에 들어오는 곳에 우뚝하고, 하늘은 넓게 펼쳐진 언덕 아스라한 끝자락에 닿아 있다. 강물은 유리구슬처럼 반짝거리고, 복숭아 오얏꽃은 띠를 두른 듯 산허리에 피어 있다. 이윽고 봄날 짧은 해가 이운다. 차가워진 물가에 흰 기러기 깃 드리울 곳을 찾고, 작은 다리 위로 푸른 빛 도는 나귀가 집으로 돌아간다. 눈에 들어오는 물상들 모두 저마다의 해후를 향해 움직이고 있다. 시선을 거둔다. 마주앉아 술잔 주고받으며 허전한 마음을 달랜다. 내일 아침이면 마음을 나누며 함께했던 오늘 해후의 정 뒤로 하고, 그대 아득히 멀어져 가리라.

이별의 아쉬운 정을 노래한 작품이다. 그 연연한 정이 행간에 가득 배어 있다. 어촌이 중국 사신을 접대하는 관반사館伴使로 활동하던 때 지은 작품이다. 그러나 특정 대상에 국한되지 않는 이별시로서 손색이 없다. 특히 경련頸聯에서 보여주는 선명한 색조의 대비와 섬세한 이미지의 감각적 정취에 관주貫珠하지 않을 수 없다.

한치윤韓致奫은 『해동역사』에서 이 작품을 들어 "자못 만당 시인의 풍격과 운치가 넘쳐난다. 頗饒晩唐人風韻"고 평한 바 있다.

빗속에서 우연히 읊어 손도원에게 부치다

雨中偶吟寄孫道源

선명도 해라 어젯밤 꿈에서 본 관동은
꿈속 내 고향은 푸른빛이 몇 겹이었나.
기억이 나네 고향 뜨락 3월이 저물 때면
복사꽃 붉은 꽃잎 이슬비에 젖는 모습.

分明昨夜夢關東　　**夢裏家山翠幾重**
분명작야몽관동　　몽리가산취기중
記取故園三月暮　　**桃花微雨濕殘紅**
기취고원삼월모　　도화미우습잔홍

家山(가산) 고향 산천. **微雨**(미우) 이슬비.

꿈속 고향의 봄날

고향 꿈을 꾸었다. 대관령 너머 고향 땅 강릉은 봄이 한창이었다. 아른아른 피어오르는 아지랑이 사이로 연두와 초록이 섞인 산과 들, 푸른빛이 감도는 호수와 바다가 어우러져 겹겹의 비취빛을 만들어 낸다. 고향 산천이 눈에 선하다. 그리고 또 기억이 난다. 봄이 저물어 갈 무렵이면 고향 뜨락에 피어난 복사꽃. 시절 맞춰 내리는 잔잔한 이슬비에 붉은 꽃잎 촉촉히 젖는 모습이!

봄은 경이로운 계절이다. 엘리어트T.S.Eliot는 죽어 있던 땅에서 라일락을 피워내기에 '잔인하리만치 경이롭다'고 했다. 봄은 또한 추억과 욕망이 들끓는 계절이기도 하다. 그래서인지 봄날 꾸는 꿈−봄꿈은 허황하기도 하지만, 아련한 추억을 몇 겹이고 눈앞에 펼쳐놓기도 한다. 봄날 꾸는 고향 꿈이 특히 그렇다.

어촌의 꿈속에 펼쳐진 고향의 봄날은 우선 곳곳이 푸른빛이다. 그 푸른빛 속에는 연두와 초록의 산천 초목이 있고, 엷거나 진한 쪽빛의 호수와 바다가 있다. 어디 그뿐인가. 정원 뜨락 주변으로는 연분홍이나 다홍의 꽃들, 그 가운데서도 복사꽃은 여전히 눈에 선하다. 이 작품은 고향을 그리는 정과 함께 아련한 기억 속 고향의 봄날을 이렇듯 색채 이미지가 돋보이는 물상과 정경들을 통해 산뜻하게 그려내고 있다. 낭만적이며 목가적인 정취가 행간에서 점점이 묻어난다.

모노령 정상에서 눈을 만나다

毛老嶺上遇雪

고갯마루엔 이끼 낀 바위 고목은 비스듬한데
신우대 늘어선 험준한 산길 뱀처럼 구불구불.
온산에 내리던 진눈깨비 모두 눈으로 바뀌어
나무마다 차갑게 얼어붙어 눈꽃을 만들어내네.
옥가루 떨어지는 숲속 외로이 홀로 들어가니
은잔을 땅에 흩뿌리며 나귀 한 마리 지나가네.
동으로 옴에 삭막한 마음에 시정도 일지 않고
다만 이내 가슴 속엔 시름만 갈래갈래.

嶺石蒼蒼古木斜　　間關篝路曲如蛇
령석창창고목사　　간관정로곡여사
漫山凍雨渾成雪　　着樹寒氷半作花
만산동우혼성설　　착수한빙반작화
玉屑墮林孤身入　　銀杯散地一驢過
옥설타림고신입　　은배산지일려과
東來索寞無詩思　　只有胸中愁緖多
동래색막무시사　　지유흉중수서다

間關(간관) 걷기조차 어려운 험한 산길. **凍雨**(동우) 얼음싸라기. **玉屑**(옥설) 옥가루, 언 눈발. **銀杯**(은배) 은잔, 여기에서는 눈 위에 찍힌 나귀 발자국.

시름만 갈래갈래

한겨울, 험준한 산길 고개를 넘는다. 고갯마루에 다다르니 바위에 이끼가 무성하고 앙상한 고목은 쓰러질 듯 비스듬하다. 사람의 발길이 잘 닿지 않은 터라 걷기조차 힘들다. 겨우 형체를 보이는 길 가장자리로는 산대나무들이 늘어서 있고, 경사가 가팔라 뱀처럼 구불구불 이리 휘고 저리 휜다. 조금 전까지만 해도 진눈깨비더니 기온이 떨어지면서 모두 눈으로 바뀌어 온산을 덮는다. 나무마다 눈꽃이 피어난다. 언 눈발이 옥가루처럼 떨어지는 숲속으로 홀로 들어간다. 짐을 실은 나귀 발자국이 마치 은잔을 흩뿌리듯 눈길에 새겨진다. 한양을 떠나 이곳 동쪽으로 옴에 삭막한 마음 뿐이다. 시정詩情도 일지 않고, 가슴 속엔 다만 시름만 갈래갈래 일어난다.

어촌의 나이 52살 되던 해 파직되어 강릉으로 낙향하던 길에 지은 작품이다. 권세를 이용해 파당을 만들고 수많은 화옥을 일으킨 김안로를 조정에 천거한 허물 때문이었다. 직첩마저 회수당한 채 낙향해야 하는 참담함을 누가 헤아릴 수 있겠는가! 한겨울 눈 내리는 산길을 외롭게 걸어 낙향하는 심경이 쓸쓸함을 자아내는 풍광들과 더불어 차갑게 배어 있다. '愁緖多·시름만 갈래갈래'라는 어구 속에 당시 어촌의 심사가 집약되어 있다.

모노령은 평창 대화에서 오대산 월정사 쪽으로 넘어가는 고개다. 경련頸聯의 '銀杯(은배)'는 한유韓愈의 「눈을 노래하여 장적에게 주다詠雪贈張籍」 가운데 나오는 "말을 좇아서 은잔이 흩어지네. 逐馬散銀杯"라는 구절을 용사한 것이다.

경포 호수에 살 곳을 정하다

鏡湖卜居

작은 섬이 호수 곁에 있고 호수는 깊은데
십년이나 부질없이 살고 싶던 마음 등졌네.
오늘에야 달 밝아 홀로 배를 타는 나그네
청삼을 입었으니 옛 한림이 바로 나로구나.

小嶼臨湖湖水深	十年空負卜居心
소서림호호수심	십년공부복거심
他時明月孤舟客	應是青衫舊翰林
타시명월고주객	응시청삼구한림

小嶼(소서) 작은 섬. 여기에서는 소박한 거처. **他時**(타시) 다른 때. 여기에서는 때를 어기고서 이제. **青衫**(청삼) 수수한 신분의 옷. **翰林**(한림) 여기에서는 일반적 선비.

깃들어 사는 곳

경포 호숫가에 깃들어 살 거처를 마련했다. 진작에 이렇게 했어야 했다. 십년이나 부질없이 이렇게 살고 싶은 마음을 등졌다. 거처는 자그마하지만 바로 앞에 깊은 호수가 있다. 이렇게 사는 것이 곧 깊은 뜻을 지닌 삶임을 말해주는 호수가! 때를 어긴 오늘에서야 밝은 달 아래 홀로 호수에 배를 띄운다. 얽매일 것 없는 신분, 청삼을 입은 선비의 삶이 바로 이것이리라.

낙향하여 거처를 마련하고 어디에고 얽매임 없는 생활을 하게 된 상황을 노래하고 있다. 조선시기 사대부의 이상은 관인의 신분으로 경세제민經世濟民하는 데 있는 것이 사실이지만, 처사의 신분으로 자연과 더불어 유유자적하는 귀거래歸去來의 삶에도 깊은 의미를 부여하였다. 인위도 허식도 없이 그 자체로 그러한 자연의 품성을 닮아, 심성을 수양하고 도리를 밝히는 삶 또한 깊은 깨달음을 가져다 줄 수 있기 때문이다. 이같은 귀거래의 생활이 가져다 줄 평온한 삶에 대한 기대를 담담한 심경과 함께 노래하고 있다.

호숫가 집

湖舍

작은 집 지음에 참으로 은자의 거처니
한가로이 지내며 배고픔 달랠 만하네.
담장은 낮아 구름도 쉬이 넘나들고
창은 고요하여 달이 먼저 엿보네.
대나무 심어 황량한 빈터를 잇고
여라덩굴 끌어다 낮은 울타리 덮었네.
깃들어 지내도 할 일은 많으니
아침 저녁 일과로 시를 읊조린다네.

小築眞衡泌　棲遲且樂飢
소축진형비　서지차락기
墻低雲易度　窓靜月先窺
장저운역도　창정월선규
種竹連荒畽　牽蘿補短籬
종죽련황톤　견라보단리
幽居亦多事　晨夕課吟詩
유거역다사　신석과음시

小築(소축) 작은 집, 해운정을 의미함. 衡泌(형비)의 衡은 衡門으로서 사립문, 泌는 泌泉으로서 샘물, 은자가 지내는 곳을 의미함. 樂飢(낙기) 배고픔을 달랠 만하다. 畽(톤) 빈터.

은자의 거처

호숫가에 자그마한 집을 지어 깃들어 산다. 아담한 사립문 아래 한가로이 지내면서, 졸졸 흐르는 샘물로 배고픔 달래기도 한다. 낮이면 낮은 담장으로 넘나드는 구름, 밤이면 창에 어리는 고요한 달빛으로 벗을 삼는다. 때로 너무 황량하다. 그래서 빈터에 대나무를 심어 일렁이는 모습, 바람결에 서걱이는 소리를 듣는다. 여라덩굴을 끌어다 담장을 덮어, 은은하고도 소담한 분위기를 더한다. 이렇듯 깃들어 지내도 할 일은 많다. 그 가운데서도 특히 아침 저녁으로 시 읊조리는 일은 빼놓을 수 없는 일과이자 즐거움이다.

경포 호숫가에 자그마한 집-해운정海雲亭을 짓고 거기에 깃들어 사는 정취를 노래한 작품이다. 소박하기 이를 데 없는 은자의 거처, 담담하기 더할 나위 없는 생활의 단면이 주변 물상이며 일상의 정경들과 함께 노래되고 있다. 세속의 번다함으로부터 벗어나 자연과 더불어 지내면서 마음의 평정을 찾는다. 하루 일과는 시 짓기에서 시작하여 시 짓기로 끝난다. 아늑하고 편안하다.

해운정은 1530년에 건립되었다. 수련首聯의 두 구는 『시경』 진풍陳風 형문衡門의 시, "사립문 아래 한가로이 지낼 만하고, 샘물 졸졸 흐르니 배고픔 달랠 만하네. 衡門之下 可以棲遲 泌之洋洋 可以樂飢"에서 가져왔다. 경련頸聯의 후구 '견라보단리牽蘿補短籬'는 두보의 「가인佳人」에 나오는 "시비가 구슬을 팔아 돌아와서, 여라덩굴 끌어다 띠지붕 덮었네. 侍婢賣珠廻 牽蘿補茅屋"를 용사한 것이다.

김자유에게 부치다

寄金子由

청운의 깃이 부러져 바닷가 모퉁이에 낙향하니
일생의 궁색과 영달이 모두 하늘에 달려 있네.
물정 펴지고 막힘은 음과 양의 차이 때문이니
봄풀 성하고 시듦도 비와 이슬의 편중 때문이네.
궁궐에서 문학하던 선비 세월 따라 떠나가고
변방에서 벼슬하던 나그네 바람 연기에 흘러갔네.
곰곰이 생각하니 지난 밤 혼이 날아간 곳
대궐의 석류꽃이 저녁 노을에 선명했다네.

鎩翮青雲落海堧　一生窮達兩關天
쇄핵청운락해연　일생궁달량관천
物情舒慘陰陽異　春草榮枯雨露偏
물정서참음양이　춘초영고우로편
金馬故人依日月　鐵城羈旅管風煙
금마고인의일월　철성기려관풍연
潛思昨夜魂飛處　禁苑榴花晚色鮮
잠사작야혼비처　금원류화만색선

鎩翮(쇄핵) 새를 날아가지 못하게 하기 위해 깃털을 잘라놓는 것. 뜻을 이루지 못함. **金馬**(금마) 금마문金馬門의 준말. 궁궐에서 문학적 재능을 발휘하는 선비. **鐵城羈旅**(철성기려) 철옹성에서 고삐 끌던 나그네. 변방에서 벼슬하던 나그네. **禁苑**(금원) 대궐.

청운의 깃이 부러져

결국 낙향을 했다. 스스로 원해서 낙향한 것이 아니기에 청운의 푸른 꿈, 그 깃이 부러진 것이다. 궁색도 영달도 모두 하늘의 뜻인가 싶다. 세상 사물이든 인간사든 떴다 가라앉기도 하고 펴졌다 막히기도 한다. 음양의 차이 때문이리라. 봄풀이 무성해지거나 시드는 것이 비와 이슬의 혜택을 받았는가 받지 않았는가 차이 때문이듯. 궁궐에서 재능 발휘하던 문인시절도 세월 따라 지나가고, 변방을 떠돌며 나그네 벼슬을 하던 시절도 바람과 연기 따라 흘러갔다. 하지만 모든 꿈을 다 잃은 것은 아니다. 곰곰이 지난 밤 꿈을 떠올려 보니, 대궐 석류꽃이 저녁 노을에 선명하지 않았던가! 그 꽃을 직접 볼 수 있으면 정말 좋으련만……!

어촌은 김안로가 유배를 가게 되자마자 곧바로 공조판서에 임명되었다가 다시 의정부 좌참찬에 제수된다. 그런 직후에 갑자기 이루어진 낙향이라 인간사의 부침浮沈에 대한 느낌이 이렇듯 각별했던 것으로 보인다. 강릉으로 낙향한 처지를 씁쓸하게 돌아보면서, 벼슬길에 대한 미련, 그 일말의 희망을 여운처럼 남기고 있는 작품이다.

자유子由는 김광철의 자字다. 동향 출신으로 어촌이 막역한 벗으로 평생 교유하였으며, 서로의 자식을 혼인시켜 사돈을 맺은 사이였다. 김광철 또한 어촌과 비슷한 행로를 밟았던 터라, 이처럼 자신의 속내를 허물없이 드러낼 수 있었던 것으로 보인다.

삼가 박수량의 시에 차운하다

次朴三可君擧遂良韻

아침 저녁으로 솔바람 소리 듣고 지내나니
어찌 고요히 살아가는 마음 흔들릴 것인가.
호랑이 맨손으로 잡은 공명심 부끄럽고
물고기 쌀뜨물에 담근 심사 후회스럽네.
우주는 슬픈 노래 속에 잠겨 있으나
강산은 취흥을 일으켜 젖게 하는구나.
남은 생애 깃들어 살 만한 땅이어니
봄이면 나무 심어 황량한 터 가꿔나가리.

日夕聞松籟　如何擾靜居
일석문송뢰　여하요정거
功名羞搏虎　心事悔泔魚
공명수박호　심사회감어
宇宙悲歌裏　江山醉興餘
우주비가리　강산취흥여
殘年棲息地　春樹護荒墟
잔년서식지　춘수호황허

搏虎(박호) 호랑이를 맨손으로 잡다. 용맹과 기세를 앞세움을 의미. **泔魚**(감어) 물고기를 쌀뜨물에 담그다. **悔**(회)와 연결되어 잘못을 뒤늦게 깨달아 후회함을 의미.

남은 생애를 이렇게

아름드리 소나무에 에워싸여 지낸다. 날마다 솔숲을 거쳐오는 바람소리를 듣노라면, 정신 맑아지고 마음 상쾌해진다. 그러니 어찌 다시금 허튼생각 일으켜 마음 흔들릴 것인가. 지난 날을 돌이켜 보니, 용맹과 기세를 앞세웠던 공명심이 부끄럽고, 잘못을 뒤늦게야 알게 된 심사가 후회스럽다. 지금 나 자신이 놓여 있는 곳, 우주는 슬픈 노래 속에 잠겨 있으나, 강산은 취흥을 불러일으켜 젖게 한다. 남은 생애 깃들어 살 만한 땅이 바로 이곳이니, 봄이면 나무 심어 아직은 황량한 터를 가꿔나가리라.

낙향해 지내는 심사와 앞으로의 생활 방향을 다짐하고 있는 작품이다. 지난 날에 대한 회한보다는, 남은 생애를 어떻게 살 것인가에 대한 자기다짐이 주된 분위기를 이룬다. 심리적 평정상태를 회복한 데서 오는 다소간의 여유와 처사로서의 생활을 표방하는 정서가 담담하게 느껴진다.

박수량의 자는 군거君擧 호는 삼가三可로서, 어촌의 고향 선배 문인이다. 搏虎(박호)는 『맹자』 진심장盡心章에 나오는 '호랑이를 맨손으로 잘 잡는 자 善搏虎' 일화에 연원을 두고 있는데, 용맹과 기세를 앞세움을 의미한다. 泔魚(감어)는 증자가 먹고 남은 물고기를 쌀뜨물에 담가 놓으라고 했다가, 그렇게 하면 변하기 쉬워 먹으면 사람을 상하게 한다는 것을 뒤늦게 알고 후회했다는 고사에 연원을 두고 있다.

가을 회포

秋懷

가을비 추적추적 초목이 시드는데
밤 깊도록 앉아서 잠을 이루지 못하네.
평생의 장대한 뜻 서생은 늙어가고
구월이라 높은 바람 먼길 나그네 슬프구나.
송옥의 맑은 시름 바다같이 깊으며
반랑의 쇠한 머리 실처럼 하얗구나.
미인은 아득히도 서방에 떨어져 있으니
산과 들에 개암 감초 님 생각 나게 하네.

秋雨蕭蕭草木萎	**夜軒幽坐不眠時**
추우소소초목위	야헌유좌불면시
百年壯志書生老	**九月高風遠客悲**
백년장지서생로	구월고풍원객비
宋玉淸愁深似海	**潘郎衰鬢白如絲**
송옥청수심사해	반랑쇠빈백여사
美人杳杳西方隔	**山濕榛苓有所思**
미인묘묘서방격	산습진령유소사

蕭蕭(소소) 쓸쓸한 모양. **宋玉**(송옥) 중국 초나라 문인, 초사楚辭의 대가 굴원屈原의 계승자. **潘郎**(반랑) 중국 진나라 문인 반악潘岳, 풍채 좋기로 이름이 났으나 젊은 나이에 귀밑머리가 세기 시작했다 함. **美人**(미인) 여기에서는 임금. **榛苓**(진령) 개암과 감초.

미인은 아득히도 서방에

추적추적 가을비가 내린다. 차가운 빗줄기가 스며들면서 초목들이 이운다. 마루에 나앉아 물끄러미 바라보노라니, 이 생각 저 생각에 들어가 누운들 잠을 이룰 성싶지가 않다. 평생 장대한 뜻을 품었던 서생은 이렇듯 늙어가고, 가을이라 높은 곳에서 불어오는 바람에 먼 길 떠나온 나그네 신세가 슬프다. 님 그리는 송옥의 초사, 그 맑은 시름이 바다같이 깊음을 이제야 알겠도다. 풍채 그리도 좋았던 반악潘岳의 귀밑머리, 일찍 하얗게 세었던 것을 이제야 알겠구나. 미인은 아득히도 저 서방에 떨어져 계시는데, 산에 개암 들에 감초 저마다의 자리에서 님 그리게 하는구나.

가을비 내리는 밤, 낙향의 서글픈 처지를 탄식하고 있다. 미인(임금)을 그리는 정 또한 점점이 배어난다. 유가 사대부의 이상인 경세제민經世濟民의 정점에 위치한 임금, 사회현실로부터 벗어난 처사의 처지에서도 결코 잊을 수 없는 존재다. 송강 정철의 「사미인곡」 훨씬 이전에 이미 어촌에 의해 이렇듯 '미인'을 그리는 작품이 지어지기도 했다. 소슬한 가을의 물상과 정경들, 송옥과 반악에 결부된 감성적 정서들이 화자의 심회를 적절히 형상화하고 있다.

미련尾聯은 『시경』 패풍邶風의 「간혜簡兮」에 나오는 "산에는 개암나무, 진펄에는 감초풀. 그 누구 그리는가? 서방의 저 미인! 여여쁜 저 미인아! 서방에 있는 사람이여! 山有榛 隰有苓 云誰之思 西方美人 彼美人兮 西方之人兮"를 용사한 것이다. '산에는 개암나무, 진펄에는 감초풀'은 자연의 필연성을 끌어다가 사모의 절실함을 강조하려 한 것으로 이해된다.

소대에 오르다

上小臺

새벽이 서늘하여 병든 나그네를 흔드니
일찌감치 일어나 황량한 누대에 오르네.
바다에 동이 트니 아침노을 붉어지고
하늘이 밝아 오니 물새들 분주하네.
강문쪽 다리에 사람이 건너가고
호숫가 나무에는 새들이 날아오네.
백성들은 바야흐로 김매고 북돋우고
언덕밭 어스름한 곳에선 풀을 벤다네.

晨涼撩病客　早起上荒臺
신량료병객　조기상황내
海曙煙霞赤　天明鴰鶡催
해서연하적　천명괄할최
江橋人度去　汀樹鳥飛來
강교인도거　정수조비래
民事方穮蔉　原田暵有薙
민사방표곤　원전막유치

鴰鶡(괄할) 재두루미와 꿩과에 속하는 새. **穮蔉**(표곤) 김매고 북돋아줌. **暵**(막) 어둡다, 어스름하다. **薙**(치) 풀을 베다.

신새벽 정경

서늘한 새벽 기운에 잠에서 깬다. 쇠약해진 몸이라 예민하게 반응한다. 일찌감치 일어나 사위가 고요해 황량한 누대에 오른다. 건너다보이는 동해바다로 아침노을이 조금씩 붉어진다. 이윽고 해가 솟으리라. 하늘이 밝아오면서 물새들도 접었던 날개를 펴고 분주하게 움직인다. 강문쪽 다리로는 벌써 일어났는지 사람이 건너가고, 호숫가 나무에는 새들이 날아와 앉는다. 전원의 이른 아침, 백성들은 바야흐로 김매고 북돋우고, 여명이 채 가시지 않은 언덕밭에서는 소를 먹이려는지 풀을 벤다. 모두들 바지런히 하루를 시작하고 있다.

초여름 바닷가 마을 신새벽 정경을 스케치하듯 그리고 있다. 서늘한 새벽 기운에 일찍 잠을 깬 화자의 쇠약해진 몸과 느릿한 움직임, 그런데 이와는 대조적으로 눈앞에 펼쳐진 물상이며 정경들 모두가 활기에 차고 생동감이 넘친다. 모두들 저렇듯 이른 아침부터 자신의 일상을 일구어 나가는데 부지런하다. 그래서 스스로를 돌아보며 가벼운 탄식과 함께 자그마한 다짐을 한다. 시대와 환경은 다르지만 오늘날 새벽시장에 나가보면 이와 유사한 경험을 하게 된다. 한순간에 자신의 일상을 송두리째 또 뼈저리게 반성하게 된다.

입춘날 문에 붙인 첩자

立春帖門

봄이 인일 뒤에 돌아오니
양의 기운 움직이는 정월 초순이라네.
삼라만상이 생장 발육의 시기로 돌아와
그윽이 숨어있다 드러내 펼침을 기뻐하네.
강호에서 근심과 즐거움을 마치리니
천지는 차고 비는 것이 갈마드는 법이라.
겨우내 묵은 움이 말라 시들어가다가도
비와 이슬을 받아 생기를 머금는구나.

春廻人日後　陽動月正初
춘회인일후　양동월정초
品彙歸陶冶　幽潛喜發舒
품휘귀도야　유잠희발서
江湖了憂樂　天地遞盛虛
강호료우락　천지체성허
宿蘖將枯槁　懷生雨露餘
숙얼장고고　회생우로여

帖(첩) 표제, 기둥이나 바람벽에 써 붙이는 글귀. **人日**(인일) 정월 7일 뒤의 날. **品彙**(품휘) 갖가지 물건, 삼라만상. **遞**(체) 갈마들다, 서로 번갈아들다. **蘖**(얼) 움, 싹.

새봄을 맞으며

길 떠났던 봄이 돌아오고 있다. 올해는 입춘이 정월 7일 뒤쪽에 들어, 다른 해보다 양의 기운이 좀더 활발한 듯싶다. 잎을 떨군 후 겨우내 움을 숨기고 있던 초목들도, 동면에 들었던 짐승들도, 생장과 발육의 시기를 맞아 드러내고 펼치며 돌아온 봄을 기뻐하리라. 나 또한 강호에서 새봄을 맞으며, 이곳에서 희로애락 함께하며 인생을 마치리라. 찼다가 비워지고 비워졌다 차는 천지 만물의 이법에 순응하며 살아가리라. 말라 시들어가다가도 새봄에 내리는 비와 이슬을 받아 다시금 생기를 머금는 묵은 움처럼, 나 또한 새봄의 기운을 받아 새롭게 소생하는 삶을 살아가리라.

새봄을 맞으며 한 해의 안녕과 풍요를 기원하는 뜻과 함께, 화자 또한 약동하는 대지의 기운과 더불어 활력을 되찾고, 보다 생기 넘치는 삶을 살고자 하는 의지를 노래하고 있다. '강호에서 근심과 즐거움을 마치리니'라는 표현 속에, 낙향의 상황을 담담하게 받아들이면서 달관의 국면에 이르고자 하는 심경 또한 투영되어 있다.

부침浮沈을 반복하며 흐르는 시간은 주기와 리듬을 만들어 낸다. 이러한 주기와 리듬 속에서 계절이 형성된다. 혹여 잘못되었더라도 다시 돌아오는 주기에 새롭게 리듬을 타면 된다. 그래서 우리는 새봄이 오는 것을 그렇게 반기는 것이다. 봄은 새롭게 출발할 수 있는 희망을 안겨준다. 희망은 만물이 생동하는 데서 촉발된다. 물론 매양 봄일 수만은 없다. 계절은 자주 우리의 인생에 견주어지곤 한다.

감회

感懷

아침 저녁으로 무와 토란을 삶으니
수레 맞이할 일도 드무네.
머리 가벼우니 머리카락 줄었음을 알겠고
몸은 수척해져 옷이 헐렁함을 느끼네.
죽어 재가 되면 오줌을 지린들 누가 알랴만
살아 관뚜껑 덮기 전엔 평가내리지 말지니.
겨울 지나고 또 여름이 지나면서
하늘의 이치 따라 더위와 추위가 머문다네.

朝暮煮菁芋　接輿兼懶殘
조모자청우　접여겸라잔
頭輕知髮少　身瘦覺衣寬
두경지발소　신수각의관
灰死誰遺溺　人生未蓋棺
회사수유뇨　인생미개관
經冬又經夏　天道滯炎寒
경동우경하　천도체염한

遺溺(유뇨) 오줌을 가리지 못하고 쌈. **遺尿**(유뇨)와 같음. **蓋棺**(개관) 관의 뚜껑을 덮음. 사람에 대한 평가는 죽은 뒤에야 결론이 내려진다는 개관정론蓋棺定論의 준말.

관 뚜껑 덮기 전에는

무와 토란을 삶아 끼니를 해결한다. 빈한하기 이를 데 없는 생활, 따라서 수레를 탄 고관대작 맞을 일도 드물다. 상투를 틀 때마다 머리칼이 많이도 줄었음을 자연스럽게 느낀다. 옷이 헐렁함을 느낄 때마다는 몸이 수척해졌음을 깨닫는다. 세월은 흐르고, 생활은 곤궁하다. 하지만 이내 생애를 함부로 평가하지는 말지니, 관 뚜껑 덮기 전까지는 다시 또 어찌될지 모를 일 아니겠는가. 겨울의 추위가 지나가면 여름의 더위가 찾아오는 자연의 섭리가 그러하듯, 부침浮沈을 되풀이하는 것이 또한 인생살이일지니!

낙향 후 빈한한 생활을 하는 처지를 노래하면서도, 모든 희망을 버리지는 않았음을 노래하고 있다. 사실 불행도 행운도 한치 앞을 내다볼 수 없는 사람살이의 이치가 빚어내는 소용돌이에 말미암는 경우가 많다. 어느 정도 예측 가능한 질서를 지닌다고도 하겠지만, 그렇다고 누구도 그것을 보장받지는 못한다. 따라서 사람에 대한 평가는 마침내 '관 뚜껑 덮기 전까지는' 누구도 예단할 수도 없고, 예단해서도 안 된다. 희망을 잃지 않는 것도 중요하다. 희망을 잃을 때 우리는 모든 것을 잃게 된다. 부쩍 늙게 되고, 스스로의 목숨조차 줄이게 된다. 애잔함과 담담함, 그리고 다소간의 비장함이 행간에서 복합적으로 풍겨나오는 작품이다.

곤궁한 처지

窮道

곤궁한 처지에 일의 형편도 늦어지고
떨어지는 해에 굳세던 마음도 꺾이네.
한번의 과오에 몸이 끝내 연루되고
세 가지 덕 귀신이 또한 시기하였네.
가난은 돈을 몰고서 떠나가고
수심은 술을 끌어당기게 하네.
쇠약하고 병들었으나 춘흥에는 못이겨
꽃을 보고는 술잔을 놓을 수 없네.

窮途年事晚　落日壯心摧
궁도년사만　락일장심최
一眚身終累　三長鬼亦猜
일생신종루　삼장귀역시
貧驅王老去　愁引麴生來
빈구왕로거　수인국생래
衰疾猶春興　看花不放杯
쇠질유춘흥　간화불방배

眚(생) 잘못, 허물. **三長**(삼장) 세 가지 장점, 재지才智·학문學問·식견識見을 일컬음. **王老**(왕로) 원보전元寶錢의 다른 이름, 돈. **麴生**(국생) 술의 별칭.

술잔 놓을 수 없네

뜻대로 되지 않는 게 세상사다. 곤궁한 처지다 보니 일의 형편도 여의롭지 않고, 나이를 먹다 보니 혈기방장하던 시절의 굳세던 의기도 꺾이는 듯싶다. 한번의 과오에 몸이 비난의 대상에 연루되고, 재능이며 학문과 식견 세 가지 덕마저 귀신이 또한 시기한 듯하다. 눈앞에 놓인 현실, 곤궁한 처지는 재물을 몰고서 떠나간다. 수심이 인다. 술잔을 끌어당길 밖에! 문득 주위를 둘러본다. 어느 사이 천진난만한 봄이 곁에 와 있다. 쇠약하고 병든 몸이건만, 절로 이는 봄의 흥취만은 어쩔 수가 없다. 삭풍 휩쓸고 간 대지 위에 짙붉게 피어난 봄꽃들, 어찌 술잔 놓을 수 있단 말인가!

자연은 인류 최고의 치유제다. 예나 지금이나 삶이 각박하고 감정이 고르지 못할 때, 자연 속에 자신을 놓아두고 더불어 꽃이 되고 나무가 되고 숲이 될 때, 무엇으로도 대신할 수 없는 느꺼움을 맛본다. 이른바 힐링Healing이다. 인간은 자연을 삶의 터전으로 사회를 이루고 산다. 모든 갈등은 인위의 사회로부터 비롯되기에, 무위의 자연을 통해 해소하는 것이 섭리인지도 모르겠다. 곤궁한 생활, 수심에 찬 심사, 쇠약해지는 몸, 스스로를 돌아볼수록 무엇 하나 여의로운 것이 없건만, 훈훈한 봄바람에 헛기침처럼 피어나는 꽃들을 마주한 화자, 놓았던 술잔도 다시 집어들어야 하리라.

독락정 봄놀이

獨樂亭春遊

삼짇날 봄바람 불어 곡수에 술잔을 띄우니
작은 정자에 소나무 상수리나무 푸르게 둘러쳤네.
봄은 병든 나그네 부추겨 방초에 서성이게 하고
꽃은 수심어린 사람 어루만져 두건을 걷어올리게 하네.
술동이 마주하며 천일 취하기를 도모하고
공명을 들먹이며 십년 어리석음을 판별했네.
좋은 때 아름다운 모임 적지 않을 터이니
멋진 시절 놓치지 말게나 아직 늦지 않았다네.

上巳東風曲水湄　　小亭松櫟碧參差
상사동풍곡수미　　소정송력벽참차
春撩病客班芳草　　花貸愁人上接䍦
춘료병객반방초　　화대수인상접리
樽酒更謀千日醉　　功名已判十年癡
준주경모천일취　　공명이판십년치
良辰勝會能多少　　莫負菁華未暮時
양진승회능다소　　막부청화미모시

上巳(상사) 삼월 삼짇날. **曲水湄**(곡수미) 곡수류상**曲水流觴**을 말함. 3월 삼짇날에 문사들이 곡수에 술잔을 띄우고 그 술잔이 자기 앞에 오는 동안에 시를 짓고 술을 마시던 놀이. **䍦**(리) 두건의 일종. **菁華**(청화) 아름다운 꽃망울, 사물의 정수.

멋진 시절 놓치지 말게나

삼월이라 삼짇날, 굽이쳐 흐르는 물에 술잔을 띄우고, 술 한 잔에 시 한 수, 봄이 무르익는다. 작은 정자를 에두른 소나무 상수리나무, 맑음에 푸르름을 더한 기운을 선사한다. 흥취가 절로 인다. 봄은 수척해진 몸마저도 일으켜 세워, 향기로운 풀꽃 사이를 서성이게 한다. 화사하게 피어난 꽃들은 수심을 씻어 주어, 다가가 향긋한 내음 맡지 않을 수 없게 한다. 꽃에 술에 취기가 돈다. 잠시 머물다 가는 인생, 이렇게 내내 취해 사는 걸 도모할 일이다. 공명이 다 무슨 소용, 부질없이 좇아다녔던 세월이 오히려 어리석지 않았던가! 오늘처럼 좋은 모임 앞으로도 적지 않을 터이니, 멋진 시절 놓치지 않아야 하리, 아직 늦지 않았으니!

삶은 아무리 각박해도 때로 숨쉴 구멍은 만들어준다. 즐거워서 웃는 것이 아니라, 웃어서 즐겁다는 말은 그래서 나온 것이지도 모르겠다. 숨통이 트여야 고달픈 것도 오히려 실감하는 이치리라. 태탕한 봄날, 자그마한 정자에 모여 시와 인생과 꽃을 노래하는 일은 메마른 일상에서 단비를 맛보는 일일 터다. 봄의 물상과 정경들은 웃음처럼 활력을 불어넣는다. 쇠약해진 몸을 일으켜 세워 풀꽃 사이를 서성이게 하고, 수심어린 마음을 어루만져 그 풀꽃 향기에 젖게 하는 것이 봄의 위대하고도 경이로운 힘이다. 욕망과 갈등이 교차하는 세간의 현실로부터 벗어나, 심신의 쾌적함과 자유로움을 만끽하는 봄날 풍류의 흥취가 질탕하게 배어 있는 작품이다.

능금꽃 떨어지다

來禽花落

붉고 흰 빛 봄을 부축해 늙은 가지에 피어나니
누구를 위해 단장했나 시골 사람 집을.
한밤중 비바람이 초췌한 가지 놀라게 하더니
다 떨구어 버렸네 가지 가득한 능금꽃을.

朱白扶春上老柯	爲誰粧點野人家
주백부춘상노가	위수장점야인가
三更風雨驚孱僽	落盡來禽滿樹花
삼경풍우경잔추	낙진래금만수화

來禽(래금) 능금의 별칭, 꽃이 떨어져 능금이 익을 때 쯤 날짐승이 날아오기 때문에 붙여진 이름. **孱僽**(잔추) 초췌하다.

봄날의 애상

능금나무 늙은 가지에 연분홍 꽃잎이 피었다. 아마도 붉고 흰 빛이 봄을 도와 가지 위에 저렇듯 밀어 올려놓은 것이리라. 나도 모르게 화색이 돈다. 마치 시골에서 늙어가는 내 집을 단장할 양인 듯싶어서. 밤이 되자 불현듯 비바람이 친다. 그렇잖아도 초췌한 가지를 많이도 놀라게 할 텐데, 조바심이 난다. 날이 밝자마자 서둘러 나가보니, 아아 다 떨구어 버렸도다. 가지 가득했던 그 연분홍 꽃잎들을!

시골에서 늙어가며 자그마한 위안조차 얻기 어려운 심경을 노래하고 있다. 능금나무 늙은 가지에 자아를 투영시켜, 새봄이 되면서 모처럼 피어난 꽃잎에서 활력과 위안을 얻는 듯싶었지만, 그마저도 여의치 않은 애잔함이 묻어난다. 시인의 섬세하면서도 다감한 정서에 포착된 봄날의 애상이 돋보이는 작품이다.

이 작품은 이어서 소개하는 「낙화落花」와 함께 『어촌집』에는 수록되어 있지 않은 작품이다. 교산 허균의 『국조시산』에 실려 전한다. 교산은 두 작품을 소개하면서, '모두 맛이 있다.具有味'라고 평하였다. 각 구에 내재된 섬세한 표현의 묘미를 주목한 것으로 보인다.

낙화

落花

들복숭아 꽃 지고 잎이 막 돋는데
비오고 바람 불자 나비 날개인양 가볍네.
가지 위 늦게 핀 꽃잎은 채 지지 않았으니
서낭이 늙었어도 정이 많아서라네.

野桃花謝葉初生　　雨後風前蝶翅輕
야도화사엽초생　　우후풍전접시경
枝上晩紅猶未落　　徐娘雖老尚多情
지상만홍유미락　　서낭수로상다정

徐娘(서낭) 중국 양나라 원제元帝의 비 서씨. 용모가 뛰어나지 못해 원제로부터 사랑을 입지 못하여 32년 동안 한 번 밖에 동침하지 못한 터에, 용모가 뛰어난 원제의 신하 계강季江과 간통하였는바, 계강이 항상 "서낭은 늙었어도 다정하기만 하구나.徐娘雖老猶尚多情"라고 감탄하였다고 함.

다사로운 정

늦은 봄날, 들복숭아 꽃이 지는가 싶더니 연두빛 연한 잎새가 돋아나온다. 비바람이 친다. 연두빛 잎새들 사이로 나비 날개인 양 가볍게 나풀거리는 꽃이파리. 빙그레 입가에 미소가 돈다. 늦게 피어난 꽃잎들은 상기 지지 않았도다. 늙었어도 다정하기만한 서낭徐娘처럼!

세상을 향한 다사로운 정을 노래하고 있다. 궁벽한 시골에서 '들복숭아'로 사는 자신이지만, 세상을 향한 정 만큼은 늙어 가면서도 가슴 한켠에 오롯이 간직하고 있음을 은근하게 표백하고 있다. '서낭'의 고사를 끌어들이긴 했으나, 아니 오히려 '서낭'의 고사를 끌어들이고 있기에, '낙화'의 정감이 보다 섬세하고 풍부하게 다가온다. 고사는 난삽한 관념일 뿐이거나 몰주체적으로 차용된 정서일 따름이 아니라, 오늘날 우리에게는 일종의 문화어이기도 하다. 모든 문화는 공감의 시선을 갖지 않는 한 어떤 것도 생경한 무엇일 따름이다.

바로 앞에서 소개한 「능금꽃 떨어지다 來禽花落」와 함께 『어촌집』이 아닌 교산 허균의 『국조시산』에 실려 전하는 작품이다. 교산이 '모두 맛이 있다.具有味'라고 평한 작품 가운데 하나이기도 하다. 이 작품에 대해 교산은 '비유를 끌어다 쓴 것이 아주 좋다.引譬好'라는 평을 덧붙였다. 전구轉句의 '晩紅(만홍)'을 결구結句의 '徐娘(서낭)'에 포개어 댄 비유의 묘미가 각별히 두드러지기 때문인 것으로 보인다.

제2부

자연 풍정을 노래한 시

키 작은 소나무
矮松

일 년이면 응당 한 자씩은 자라야 하건만
몇 년을 조용한 골짜기에서 풍상에 시달렸구나.
해안을 오가는 나무꾼 도끼질 많았을 터인데
명당의 기둥감이 되지 못해서만은 아니라네.

一歲應添一尺長	幾年幽壑困風霜
일세응첨일척장	기년유학곤풍상
只緣海岸多樵斧	不是明堂乏棟樑
지연해안다초부	불시명당핍동량

矮(왜) 키가 작다, 난장이.

민족의 나무 소나무

키 작은 소나무, 묵묵히 골짜기를 지키고 있다. 일년이면 한 자씩은 자라야 하건만, 몇 년을 그렇게 풍상에 시달린 탓인지 자그마하다. 바닷가를 오가는 나무꾼 도끼질을 피하기 어려웠을 터인데, 명당의 기둥감이 되지 못해서만은 아닐지니, 옛모습 간직한 채 저렇듯 묵묵히 제자리를 지키고 있구나.

오랜 세월 풍상에 시달리면서도, 변치 않은 모습으로 제자리를 지키고 있는 소나무에 대한 친근한 정감을 노래하고 있다. 여기에서의 키 작은 소나무는 어촌의 고향 자체이기도 하고, 언제고 기억 속에서 떠올릴 수 있는 고향의 풍광이기도 하다. 한결같이 자신을 반겨 맞이해주는 친근하고 편안한 존재이자 그 상징물인 셈이다.

소나무는 나무의 우두머리이자 십장생十長生 가운데 하나로서, 우리 민족의 역사와 문화를 함께해 온 나무다. 여기에다 사철 푸른 형상과 품성이 지조·절개 등 다양한 이미지와 연관되면서, 우리 민족의 정서와 기질 형성에도 큰 영향을 주었다. 어느 면을 비추어 보더라도 민족의 나무로 일컬어 손색이 없다.

소나무의 고향은 강릉이다. 우리나라 소나무 조림의 역사가 신라 화랑들에 의해 한송정 부근에 3,000그루의 소나무를 심은 데서 비롯되었기 때문이다. 어느 장소 어느 풍광을 마주하고 섰을 때에도 소나무가 시야에 들어오지 않는 곳이 없는 고장이 강릉이기도 하다. '솔향 강릉'을 떠올리면 어촌의 소나무 시는 새삼 각별하게 다가온다.

광릉에서 낙화를 보고 감회가 있어서

光陵見落花有感

나른히 잠들었다 깨어나니 낮은 참으로 긴데
배꽃 수많은 이파리 산 남쪽으로 떨어지네.
향 묻은 나비 날개 깊은 후원으로 들어오고
꽃술 매단 벌 수염은 낮은 담장을 넘어가네.
여린 눈발 주렴에 부딪히니 바람이 머무르고
이운 꽃떨기 오솔길에 흩어지니 새가 쪼려하네.
봄이라 아름다운 풍경 헛되이 던져 버려두고
박봉이 사람을 핍박하니 바빠서 견딜 수 없네.

倦睡初醒晝正長　梨花千片落山陽
권수초성주정장　리화천편락산양
香黏蝶翅來深院　蕊上蜂鬚過短墻
향점접시래심원　예상봉수과단장
微雪撲簾風約住　殘英糝逕鳥銜將
미설박렴풍약주　잔영삼경조함장
三春麗景空抛擲　寸廩驅人不耐忙
삼춘려경공포척　촌름구인불내망

山陽(산양) 산 남쪽. 산 북쪽은 산음山陰. 蕊(예) 꽃술. 糝(삼) 나물죽. 銜(함) 재갈, 머금다. 抛擲(포척) 던지고 버려두다. 寸廩(촌름) 박봉, 적은 녹봉.

여린 눈발이 주렴에 부딪혀

온갖 초목 싱그러운 광릉의 봄날, 태탕한 기운에 취해 설풋 낮잠을 잤나보다. 나른한 몸을 뒤척이며 깨어나니 여전히 해가 중천, 낮이 많이도 길어졌다. 가볍게 바람이 인다. 수많은 배꽃 이파리들이 꽃비가 되어 흩날린다. 날개짓을 할 때마다 향이 묻어나는 나비는 아늑한 후원으로 날아들고, 꽃술을 수염처럼 매단 벌은 낮은 담장을 넘어간다. 하얀 배꽃 이파리들이 마루까지 날아든다. 여린 눈발이 되어 주렴에 부딪히니 바람도 잠시 머무른다. 이울어 떨어진 꽃떨기 오솔길에 흩어지니 새가 다가와 쪼려 한다. 아늑하고 평화롭다. 그러나 이처럼이나 아름다운 물상이며 풍경을 헛되이 버려두고 일어서야 한다. 말단의 자리 겨우 차지하고 있는 몸, 박봉이 사람을 내몰아 다시금 분주히 움직여야 하는 처지러니!

상춘賞春의 즐거움을 노래한 작품이다. 봄날 초목 우거진 야외 뜰에서 누리는 풍정과 흥취가 색채감이 돋보이는 물상과 정경들을 통해 눈에 선하게 잡혀 있다. 마냥 춘흥에 젖어 있을 수만은 없다는 미련尾聯의 분위기 전환 또한 작품에 묘미를 더한다. 교산 허균은『학산초담』에서 어촌시의 특징 가운데 하나로서 '화려하고 아름답다 浮艶' 라는 평을 한 바 있다. 이를 실감할 수 있는 작품이라 하겠다.

인천 해안역에서 밀물 썰물을 구경하다

仁川海安驛觀潮汐

가만히 살피니 하나의 이치가 들숨 날숨에 맡겨져
썰물 갔다가 밀물 오는 것이 옛과 지금을 이루네.
천지가 차고 비는 것에 수가 있음을 알겠고
음양이 사라졌다 생기는 것은 무심히 그렇도다.
요 임금은 홍수를 만나 언덕과 산이 사라졌지만
우 임금은 용문산 뚫어 여수와 한수를 깊게 했다네.
이렇듯 웅장하고 기이한 형상 표현하기 어려운 것은
직접 가서 보지 않고 붓끝으로만 읊기 때문이라오.

冥觀一理任呼吸	汐去潮來成古今
명관일리임호흡	석거조래성고금
天地盈虛知有數	陰陽消息自無心
천지영허지유수	음양소식자무심
堯遭洪水岡陵沒	禹鑿龍門汝漢深
요조홍수강릉몰	우착룡문여한심
最是雄奇難狀處	未臨收入筆端吟
최시웅기난상처	미림수입필단음

消息(소식) 음이 사라졌다 양이 생겨나는 것. **岡陵**(강릉) 언덕과 구릉. **汝漢**(여한) 여수汝水와 한수漢水.

붓끝으로만 읊기 때문

인천 해안 앞바다로 구경을 나갔다. 몇 시간 전까지만 해도 언덕까지 들어찼던 바닷물이 빠져나가자, 드넓은 갯펄이 눈앞에 펼쳐진다. 그러다 다시 바닷물이 밀려와 언덕까지 찬다. 신이롭다. 가만히 살펴보니 썰물 갔다가 밀물 오는 것이 마치 천지가 들숨과 날숨을 번갈아 쉬는 것 같다. 썰물이 옛날을 이루다면, 밀물은 지금을 이룬다. 알겠도다. 천지가 차고 비는 것에 수가 있고, 음양이 교체되어 변하는 것은 무심히 저절로 그러하다는 것을. 이러한 자연의 섭리를 알아 물을 다스리지 않았던가! 요임금은 홍수를 만나 황하변 언덕과 구릉이 사라졌지만, 우임금은 용문산을 뚫어 황하의 물길을 여수와 한수로 갈라 다스렸던 것을! 이처럼이나 웅장하고 신이한 밀물 썰물의 형상과 조화를 표현해 내기란 참으로 어려운 일. 직접 와서 보면 실감할 수 있지마는, 직접 와서 보지 않고 붓끝으로만 읊기 때문에 어려운 것을!

밀물과 썰물의 신이로운 현상과 체험을 노래하고 있다. 천지자연의 이법과 운행질서를 눈앞에서 전개되는 형상을 통해 몸으로 실감하는 일은 다른 무엇으로도 대신하기 어렵다. 백문이 불여일견不如一見이요, 백견이 불여일촉不如一觸이라고 했던가? 어촌은 강릉 출신이다. 동해는 조석간만潮汐干滿 현상이 생겨나지 않는다. 서해에서 경험하는 밀물과 썰물은 어촌에게 적이 신이로운 현상으로 느껴졌을 터다. 그 신이로운 체험을 '붓끝'으로 옮겨놓은 어촌의 감각이 실로 돋보인다.

월성의 가을 흥취

月城秋興

강마을 밤 기운에 달빛 물결 생겨나고
온산엔 비단 수놓은 단풍숲 가득하도다.
소슬한 새벽 구름 가을 흥취 일으키고
국화꽃 수유나물죽 쟁반 속에 벌여 있도다.
종려신발 춤추는 달 오동나무 모자에 기우나니
빛깔좋은 술 그대에게 드리니 사양하지 말게나.
제나라 경공 헛되이 우산에서 눈물 흩뿌렸고
한나라 무제 부질없이 추풍사를 읊었도다.

江城夜氣生蟾波	漫山錦繡楓林多
강성야기생섬파	만산금수풍림다
蕭晨雲物入秋興	菊英茱糝盤中羅
소신운물입추흥	국영수삼반중라
椶鞵舞月桐帽欹	綠酒屬君君莫辭
종혜무월동모의	녹주속군군막사
齊景枉灑牛山淚	漢武謾賦秋風詞
제경왕쇄우산루	한무만부추풍사

蟾波(섬파) 달빛 물결. **糝**(삼) 나물죽. **椶鞵**(종혜) 종려나무 신발, 움푹한 형상. **桐帽**(동모) 오동나무잎새 모자. **綠酒**(녹주) 빛깔과 맛이 좋은 술. **枉**(왕) 헛되이, 부질없이. **謾**(만) 공연히, 부질없이.

달이 오동나무에 걸린 밤

가을밤 누대에 앉아 조촐한 술자리를 벌인다. 바람이 스쳐가자 발치에 흐르는 강물, 달을 머금은 물결이 인다. 눈을 들어 바라본다. 환한 달빛 아래 비단 수를 놓은 듯 온산이 단풍으로 가득하다. 그렇게 정담을 나누노라니 어느 사이 한밤중을 지났나 보다. 소슬한 새벽 구름들이 가을의 흥취를 불러 일으킨다. 소반에 놓인 국화꽃 수유나물 죽 또한 계절을 일깨운다. 어찌 다시 술잔을 들지 않겠는가! 종려(야자) 신발처럼 움푹한 달이 춤을 추다 오동 모자같은 잎새에 걸려 있는, 저걸 보게나! 사양하기 말게나, 빛깔 좋고 향긋한 이 풍류의 잔을! 제나라 경공, 아름다운 우산牛山에 올라 그 땅에서 영원히 살고파 눈물 흘린 것 부질없는 일 아니었겠나. 한나라 무제, 스스로 이룬 성취에 기뻐하면서 유한한 인생을 슬퍼한 추풍사秋風詞, 이 또한 부질없는 일 아니었겠나. 잠시 머물다 가는 인생, 이렇듯 아름다운 풍광 정취 누리다가, 때 되어 떠나면 족한 것 아니겠는가!

가을밤이 선사하는 낭만과 풍류의 흥취를 노래하고 있다. 아늑함과 정겨움을 자아내는 물상이며 정경들을 섬세하게 그려내면서, 흥취 너머에서 가슴속에 고이는 생각들을 담담하게 펴놓고 있다. 특히 경련 앞구에 등장하는 종려 신발과 오동 모자의 비유는 감각과 개성이 참으로 돋보인다. 감성이 풍부한 시인임을 깨닫게 해주는 작품이다. 「공주 취원루 10영에 차운하다 次公州聚遠樓十詠」 가운데 한 수다.

울진 능허루 시에 차운하다

次蔚珍凌虛樓韻

산줄기 남으로 이어지다 동쪽 모퉁이에 절벽을
절벽 아래 누각 한 채 참으로 기이한 자리로다.
흰 새는 멀리멀리 삼신산 찾아 날아가고
푸른 하늘은 나직히 드넓은 바다에 드리웠네.
우주의 이치 그윽이 더듬어서 시상을 채우고
영웅에게 높이 읍하며 잃어버린 시를 찾아보네.
말머리에 닿는 풍광 가는 곳마다 절경이니
느릿느릿 걷는 모랫길 길 더디가도 좋구려.

山連南紀截東陲　　山下孤城境最奇
산련남기절동수　　산하고성경최기
白鳥遙尋三島去　　碧天低入九溟垂
백조요심삼도거　　벽천저입구명수
冥搜宇宙充吟料　　高揖英雄索逸詩
명수우주충음료　　고읍영웅색일시
馬首風煙隨處好　　緩驅沙路不嫌遲
마수풍연수처호　　완구사로불혐지

陲(수) 경계, 모퉁이. **三島**(삼도) 동해바다에 신선이 산다는 봉래·방장·영주의 세 섬, 삼신산. **九溟**(구명) 드넓은 바다. **吟料**(음료) 읊조릴 자료, 시상. **英雄**(영웅) 여기에서는 시문에 뛰어난 문인.

닿는 풍광마다 절경

참으로 멋진 곳에 자리잡은 누각 한 채, 능허루! 산줄기가 남으로 이어지다 동쪽 모퉁이에서 깎아지른 절벽을 이루더니, 그 절벽 아슬한 곳에 자리를 잡고 있다. '허공을 깔보는 누각', 정말 이름과도 방불하다. 눈앞에 펼쳐진 바다, 흰 새는 멀리 날아돌며 삼신산을 찾아간다. 수평선 끄트머리, 푸른 하늘이 드넓은 바다와 맞닿고 있다. 절로 시심이 솟아난다. 세속에서는 맛보기 어려운 정취, 우주의 이치를 그윽이 더듬으며 시상을 채우고, 절창을 남긴 시인묵객(영웅)에게 읍하며 그들이 남긴 시를 찾는다. 이윽고 바닷가를 따라 발걸음을 옮긴다. 말머리에 닿는 풍광마다 절경이 펼쳐진다. 음미하며 걷는 모랫길, 말걸음 발걸음 느릿느릿, 더디 가도 좋기만한 길!

능허루에서 조망하는 절묘한 경관과 흥취를 노래하고 있다. 누각이 자리잡은 위치와 풍광을 멀리 또 가까이 시선을 옮겨가며 묘사하면서, 솟구치는 시심을 들뜨지 않게 노래하고 있다. 시인의 눈에 포착된 사물과 정경들이 개성적인 감각과 정서를 통해 그림처럼 펼쳐진다. 집을 떠나 멀리 여행하는 일이 전혀 쉽지 않았던 시대, 가보지 못한 많은 사람들에게 잔잔한 위안을 선사했을 작품이다.

삼척에서 기재 신광한의 '사시'에 차운하다

三陟次申企齋光漢四時韻

깊은 강은 술과 같아 참으로 맑고 산뜻하니
화창한 봄볕 받으며 절경 속으로 들어가네.
산모퉁이 더딘 햇살에 꽃은 주단처럼 반짝이고
강마을 훈훈한 바람에 버들은 연기처럼 일렁이네.
물정이 펴지고 막힘은 음양의 변화 때문이니
풀빛 성하고 시듦도 비와 이슬의 편중 때문이네.
참나무 아름다운 고을에 팥배나무도 많으니
변방 떠도는 신하의 마음 다시금 한가해지네.

深江如酒政澄鮮　　已覺韶光入洞天
심강어주정징선　　이각소광입동천
山郭日遲花爛錦　　水邨風暖柳烘煙
산곽일지화란금　　수촌풍난류홍연
物情舒慘陰陽變　　草色榮枯雨露偏
물정서참음양변　　초색영고우로편
棌採芳洲多杜若　　遠臣懷抱更悠然
채채방주다두약　　원신회포경유연

韶光(소광) 봄날의 화창한 경치. **洞天**(동천) 산천으로 둘러싸인 경치 좋은 곳, 명승. **山郭**(산곽) 산모퉁이. **水邨**(수촌) 강촌, 강마을. **邨**(촌)은 **村**(촌)과 같은 자. **烘**(홍) 횃불, 불을 쬐다, 그을리다. **棌**(채) 참나무. **杜**(두) 팥배나무.

깊은 강은 술과 같아

화창한 봄날, 나들이를 나갔다. 강물을 만났다. 깊은 강은 술과 같아 참으로 맑고 산뜻하다. 화사하게 내리쬐는 봄볕을 받으며, 강물을 따라 점입가경, 아름다운 풍광 속으로 들어간다. 산모퉁이에 걸쳐 있는 햇살에 꽃은 형형색색 주단처럼 반짝이고, 강마을 훈훈한 바람에 버들은 하늘하늘 연기처럼 일렁인다. 세상 사물이나 형편이 음양의 변화에 따라 펴졌다가 막히고 막혔다가 펴지듯, 초목이 무성하고 시듦도 비와 이슬의 혜택을 받았는가 받지 않았는가의 차이에 따라 달라진다. 자연의 이치가 그러하듯 사람살이의 이치도 그러할 터다. 참나무 아름다운 고을에 팥배나무도 많으니, 어진 목민관에 훌륭한 인재들 즐비한 고장이로다. 하여 변방을 순행하는 신하의 마음, 다시금 여유롭고 편안해진다.

봄날 아름다운 풍광을 만끽하며 심신의 쾌적한 경지를 노래하고 있다. 봄의 정경과 물상들이 환기하는 정서를 담담하게 펴내는 가운데, 그러한 정서가 샘솟아나오는 마음의 언저리에서 자연의 이치와 인간사의 운행에 대한 상념을 넌지시 곁들이고 있다. 고을(삼척)에 대한 칭송도 곁들이고 있다. 특히 수련과 함련은 구절구절마다 비유와 묘사가 참으로 신선하다.

통천 총석정을 유람하다

遊通川叢石亭

총석정 기암괴석 바닷문처럼 우뚝하고
알록달록 파인 홈 녹색동전 물방울같네.
깎아 세웠구나 하늘이 조각칼로
갈라 깨뜨렸구나 귀신이 도끼로.
창연한 석벽 천년토록 사라지지 않았나니
하얀 갈매기 허공구름에 깃들어 살고 있네.
네 국선 남은 자취 물어 찾을 곳 없나니
맑은 흥취 모두 다 술잔 속에 스며드네.

叢石峨峨立海門　　斑斑缺渤綠錢痕
총석아아립해문　　반반결발록전흔
削成可識天剞劂　　鑿破應知鬼斧斤
삭성가식천기궐　　착파응지귀부근
蒼壁不焚千歲劫　　白鷗棲在半空雲
창벽불분천세겁　　백구서재반공운
四仙遺迹無尋處　　淸興都輸入酒樽
사선유적무심처　　청흥도수입주준

峨峨(아아) 우뚝우뚝 솟아 있는 모습. 斑斑(반반) 여러 빛깔이나 무늬가 섞여 있는 모양. 剞劂(기궐) 조각칼, 나무판에 글자를 새김. 鑿破(착파) 갈라 깨뜨리다.

하늘이 조각칼로 귀신이 도끼로

통천 총석정을 유람한다. 웅장한 기암괴석들, 멀리에서도 한눈에 들어온다. 바다로 드는 문인양 우뚝이 서 있는 모습이 장관이다. 가까이 다가가서 보니 더욱 기이하고 놀랍다. 정교한 육각형 돌기둥 끄트머리께에 알록달록 파인 홈들이 마치 녹색 동전 물방울같다. 아니 그보다도, 하늘을 찌를 듯 우뚝우뚝 서 있는 구릿빛 돌기둥들, 정녕 하늘이 조각칼로 마름질하지 않고서야, 귀신이 도끼로 갈라 깨뜨리지 않고서야 어떻게 저와 같이 정교한 형상을 지닐 수 있을까! 경이로움 그 자체로다! 오랜 세월 저렇듯 변함없는 자태로 서 있나니, 허공 구름에 깃을 드리우고 나니는 갈매기는 유구한 역사를 알리로다. 그 옛날 신라 사선四仙 머물다 간 자취 물어 찾을 곳 없나니, 기묘한 절경 맑은 흥취 모두 다 기울이는 술잔 속으로 스며들도다.

관동팔경 총석정의 경이로운 경관을 노래한 작품이다. 총석의 형상들은 지각변동이 활발하던 시대에 현무암 용암이 갑자기 찬 공기에 노출되어 식으면서 수축현상이 일어나, 육각형의 구릿빛 바위기둥—주상절리柱狀節理를 이룬 것이다. 자연의 경이로운 조화와 유구한 역사 앞에 서 있는 화자의 모습을 방불히 상상할 수 있다. 우리나라 진경산수화眞景山水畵의 완성자인 겸재 정선(1676~1758), 단원 김홍도(1745~1818)의 「총석정도叢石亭圖」를 곁에 놓고 감상하면 작품의 묘미를 한결 더할 수 있다.

영변 약산 동대에 오르다

登寧邊藥山東臺

담쟁이덩굴 얽히어 돌 비탈길 이었는데
한적히 퉁소 쥐고 누대 난간에 기대네.
들살구 향기 좇아 나비가 날아들고
산꽃 홍조 시드는데 두견새 내려앉네.
겹겹이 두른 산봉우리 칼끝처럼 뾰족하고
한줄기 바다로 가는 강물 연무처럼 아득하네.
낙숫물에 취기 돋아 멀리 있는 사람 생각나니
봄 강물 끌어당겨 술 솟는 샘 만들고 싶네.

蘿蔦縈回石磴連	閒携簫管倚層巓
나조영회석등련	한휴소관의층전
香生野杏飛胡蝶	紅謝山花落杜鵑
향생야행비호접	홍사산화락두견
萬疊遙峯尖似劍	一泓裨海杳如煙
만첩요봉첨사검	일홍비해묘여연
醉來濩落生遐想	欲把春江作酒泉
취래확락생하상	욕파춘강작주천

蘿蔦(나조) 담쟁이 덩굴. **縈**(영) 얽히다, 두르다. **磴**(등) 돌비탈길, 돌다리. **泓**(홍) 깊다, 깊고 맑다. **裨**(비) 돕다, 보태다, 작다. **濩**(확) 낙숫물 떨어지다. **遐想**(하상) 먼 곳에 있는 사람을 생각함, 세속을 벗어난 생각을 함. **把**(파) 잡다, 묶다.

낙숫물 떨어지니

영변 약산 동대에 오른다. 구불구불 휘어지는 돌 비탈길, 담쟁이덩굴이 뒤얽혀 길을 잇고 있다. 이윽고 누대에 오른다. 높은 난간에 기대어 한 곡조 퉁소 가락으로 풍경과 하나가 된다. 봄이 한창이다. 들살구꽃 향기를 좇아 나비가 날아들고, 짙붉은 빛깔 점점 엷어지고 있는 진달래꽃 사이로 두견새가 내려앉는다. 눈을 들어 바라보니, 겹겹이 두른 산봉우리 칼처럼 뾰족하고, 발치에 흐르는 강줄기 굽이굽이 바다로 이어지며 연무처럼 아득하다. 잠시 봄비가 스쳐간다. 낙숫물 떨어지니 멀리 있는 사람이 생각난다. 술 생각이 난다. 아, 저 봄 강물을 끌어당겨 술 솟는 샘을 만들 수 있다면!

무르익은 봄날 명승 누대에서 누리는 흥취를 노래하고 있다. 함련과 경련에서는 시인의 눈에 포착된 봄의 물상과 정경들이 시인과 융화되는 모습을 목가적牧歌的으로 그리고 있다. 미련의 앞구 '낙숫물 떨어지니 멀리 있는 사람 생각나네.濩落生遐想'는 관용적 표현이지만, 여기에서는 시상詩想의 전환을 가져오며 색다른 맛을 느끼게 한다. 그리하여 미련의 뒷구 '술 솟는 샘酒泉'을 통해 잔잔한 생각의 호수에 일순 파문이 일게 한다. 시상의 평명한 흐름을 바꾸어 놓는 묘미가 있기 때문이다. 일종의 균형 속의 파격이라 할 것이다.

영변 약산 동대는 관서8경의 하나다. 그리고 우리에게 너무나도 친숙한 김소월 「진달래꽃」의 작품 배경이기도 하다.

평양 부벽루 시에 차운하다

平壤次浮碧樓韻

연광정과 부벽루 대동강을 굽어보니
흐르는 강물 무정히 두 누각을 품고 있네.
옛 성곽에는 소나무 상수리나무 무성한데
영웅은 쓸쓸하게 이름만 남아 있네.
생황소리 아득하게 삼신산까지 퍼지고
선학은 훨훨 날아 수많은 섬들 지나가네.
알겠노라 임금의 은혜 평양 경치 흡족하니
백년토록 이곳에서 기이한 유람 즐기리라.

練光浮碧俯江流　　流水無情抱二樓
연광부벽부강류　　유수무정포이루
松櫟依依城郭古　　英雄寂寂姓名留
송력의의성곽고　　영웅적적성명류
瑤笙縹緲吹三島　　仙鶴飄颻過十洲
요생표묘취삼도　　선학표요과십주
也識君恩隨地足　　百年玆地一奇遊
야식군은수지족　　백년자지일기유

櫟(역) 상수리나무. **依依**(의의) 휘늘어진 모양, 무성한 모양. **縹緲**(표묘) 여렴풋하다, 아득하다. **飄颻**(표요) 훨훨 나부끼다.

백년토록 이곳에서

관서 최고의 누각과 정자에 오른다. 연광정과 부벽루, 대동강을 굽어보는 자리에 우뚝이 자리잡고 있다. 강물은 무정한 듯 두 누각을 품고 흐른다. 누정이 들어앉은 성곽 주변으로는 소나무 상수리나무가 우거져, 유서깊은 역사를 말해준다. 누정에 걸린 시문들, 절창을 남긴 시인묵객(영웅)은 강물처럼 바람처럼 역사의 저편으로 사라지고, 쓸쓸하게 이름만 남아 있다. 조용히 앉아 사위를 조망한다. 어디선가 신선의 피리소리가 흘러나와 아득히 삼신산까지 울려퍼진다. 흐르는 선율에 춤추면서 선학은 훨훨 날아 눈앞의 마을들을 지나간다. 선경이 바로 여기로구나! 이렇듯 흡족한 경치, 알겠노라, 임금의 덕화를! 백년토록 이곳에서 유람을 즐긴들 어찌 싫증이 나겠는가!

대동강변 명승에서 조망하는 풍광과 정취를 노래하고 있다. 연광정練光亭은 대동강 물결에 햇살이 아른거리는 모습에서, 부벽루浮碧樓는 마치 물 위에 떠 있는 듯한 느낌을 준다는 데서 이름을 갖게 된 누정이다. 대대로 인구에 회자되며 관서 최고의 명승으로 일컬어져 왔거니와, 어촌 또한 선경으로 묘사하면서 '백년토록' 머물러 있고 싶다고 했다. 아름다운 풍광은 자연이 우리에게 베푸는 무한한 선물이다. 선물은 사랑처럼 댓가를 바라지 않을 때 순수하다. 아름다운 풍광 앞에 섰을 때, 가장 먼저 생각나는 이가 곧 자신이 가장 사랑하는 이다.

능라도

綾羅島

산 이름은 금수산
섬 이름은 능라도.
서경은 참으로 아름다워
화려하지 않은 곳이 없다네.

有山名錦繡　有島稱綾羅
유산명금수　유도칭릉라
西京信佳麗　無地不奢華
서경신가려　무지불사화

錦繡(금수) 비단과 수, 비단에 놓은 수. **綾羅**(능라) 무늬 있는 비단과 엷은 비단.

서경은 참으로 아름다워

비단에 놓은 수로구나 금수산. 금수산 아래 대동강, 대동강 가운데 능라도. 물결을 따라 늘어섰네 능수버들이, 그 버들 비단 풀어놓은 듯 아름다워 능라도라네. 서경은 이렇듯 아름다우니, 어느 언덕 어느 물가 화려하지 않은 곳이 없다네.

서경의 아름다운 풍광을 간결하면서도 강렬하게 노래하고 있다. 원문 뿐만 아니라 우리말 번역을 통해서도 리듬감을 느낄 수 있어, 풍광이 자아내는 흥취가 경쾌하게 전해져 온다. 오언절구의 묘미를 실감할 수 있는 작품이다.

서경(평양)은 유서깊은 고장이다. 고구려 수도였고, 고려 3경의 하나였으며, 조선시기에는 평안도 감영 소재지였다. 오랜 역사와 문화를 토대로 문물이 번성했던 만큼 문화유적들이 풍부하여, 대대로 수많은 시인묵객들의 유상처遊賞處로 각광을 받았다. 서경 가운데서도 대동강변을 따라 벌어져 있는 명승과 유물유적들은 여느 지역의 그것과 견주기 어려울 만큼 다채롭고 개성이 넘친다. 그렇기에 시인묵객들의 음영 소재로서 안성맞춤인 경우가 많았다. 고려 속악가사 「서경별곡」, 정지상의 한시 「송인送人」의 지역적 배경이 바로 이곳이기도 하다. 16세기 전반을 대표하는 시인의 한 사람인 어촌 또한 이곳을 그냥 스쳐 지나갔을 리 만무하다. 서경의 명승과 유물유적을 제재로 한 5언절구만도 이 작품을 포함하여 28편에 이른다.

모란봉

牧丹峯

우뚝한 봉우리 그 이름 모란봉
모란꽃은 있는 건가 없는 건가.
꽃 피자 나그네 다시 찾아오니
약속 서로가 저버리지 않았구나.

孤峯名牧丹　　牧丹花在否
고봉명모란　　모란화재부
花開客又來　　有約不相負
화개객우래　　유약불상부

孤峯(고봉) 외로운 봉우리, 외딴 봉우리, 우뚝한 봉우리. **牧丹**(모란) 한자어 '목단'이 변한 말로서, '목단'이 '모란'으로 음운변화한 현상을 간극동화라고도 함.

약속 저버리지 않고서

금수산 꼭대기에 우뚝이 선 모란봉. 그렇다면 모란꽃은 있는 건가 없는 건가? 모란꽃 화사하던 지난 해 늦봄, 정을 나눈 나그네 약속을 했네. 내년 이맘때 쯤 모란꽃이 피어나면, 그대 잊지 아니하고 다시 찾아 오마고. 그러지요 저 또한 기다릴게요. 그렇게 떠나간 후 한 해가 갔네. 다시 봄이 오고 모란꽃이 피어난 날, 대문에 들어서네 기다리던 그 나그네.

모란봉 이름을 묘미있게 살린 연정시다. 기구·승구의 장난스러운 물음에 이어, 전구·결구에서 함축미 돋보이는 사연을 일화처럼 노래하고 있다. 두 남녀 사이에 오갔음직한 대화 한 마디 드러내지 않으면서, 행간이 스스로 말을 하게 하는 묘미와 재치가 돋보인다. 명품 오언절구로 일컬어 손색이 없다.

모란봉은 원래 금수산에서 가장 높은 봉우리인 최승대最勝臺의 생김새가 마치 피어나는 모란꽃 같다고 하여 붙여진 이름인데, 점차 산 전체의 이름으로 불려지게 되었다. 평양 명승의 절반이 모란봉에 집중되어 있다고 한다. 산 중턱에 을밀대乙密臺, 산 아래 대동강을 따라 예의 연광정·부벽루가 있고, 하중도인 능라도가 있다. 유구한 역사만큼이나 수많은 일화들이 대대로 전해 내려오는 명소들이다.

소나기

急雨

하룻밤 하늘에서 우사에게 명을 내려
은빛 웅덩이에 질펀하게 쏟아 부었네.
소리는 해하에서 수천 군사를 물리치는 듯
기세는 곤양에서 수만 말들이 달리는 듯.
들판에서 소치던 아이 옷이 반이나 젖으니
집안 아낙네 왜가리 울음에 근심에 잠기네.
휘도는 바람 땅을 말아 늦더위를 몰아가니
가을 기운 뒤섞이며 9월인 듯 착각게 하네.

一夜天符勅雨師　銀潢倒瀉滿空垂
일야천부칙우사　은황도사만공수
聲如垓下千兵却　勢似昆陽萬馬馳
성여해하천병각　세사곤양만마치
郊外牧牛兒半濕　室中聞鸛婦潛愁
교외목우아반습　실중문관부잠수
顚風捲地吹殘暑　錯訝涼秋九月時
전풍권지취잔서　착아량추구월시

潢(황) 웅덩이. **瀉**(사) 쏟다, 쏟아 붓다. **垓下**(해하) 한나라 유방이 초나라 항우와 격전을 벌인 곳. **昆陽**(곤양) 천군만마를 거느릴 산세를 지녔다는 곳. **鸛**(관) 황새, 왜가리. **顚**(전) 꼭대기, 정수리, 뒤집다, 넘어지다. **捲**(권) 말다, 감다. **錯**(착) 섞이다. **訝**(아) 맞다, 의심하다.

질펀하게 쏟아 부어

조물주가 우사雨師에게 칙령을 내렸다. 바람결이 한순간에 바뀌더니 하늘이 어두컴컴해진다. 먹장구름 속에서 후드득 빗방울이 듣는다. 이윽고 쏟아지는 장대비. 질펀하게 쏟아 부어 지상의 웅덩이들을 은빛으로 넘쳐나게 한다. 소나기 세차게 쏟아지는 소리는 마치 해하의 싸움에서 수천의 군사를 물리치는 듯하고, 그 기세는 곤양 땅에서 수만 마리 말들이 일시에 내닫는 듯하다. 삽시간에 내리쏟은 터라, 들판에서 소치던 아이는 도리없이 옷이 흠뻑 젖었다. 논둑에서 먹이 사냥을 하던 왜가리도 황급한 울음소리와 함께 자리를 옮긴다. 집안에서 왜가리 울음소리를 들은 아낙네, 들판에 나간 아이 걱정에 근심의 빛이 얼굴에 가득하다. 소나기 스쳐간 여름의 뒷자락, 바람이 대지를 휘돌아 쓸며 늦더위를 몰아간다. 일순 가을인 듯 서늘한 기운이 감돌아, 9월인 듯 착각하게 한다.

늦여름 전원의 풍정을 소나기와 함께 묘사하고 있다. 소나기 쏟아지는 소리와 기세를 해하의 싸움과 곤양의 지세에 비유하고 있는 것은 지식인의 기질이자 감각의 발로다. 작품 전체가 이러한 기질이자 감각으로만 일관되었다면 눈길이 두 번 갔을까 싶다. 갑작스런 소나기에 옷이 흠뻑 젖은 목동, 왜가리 울음소리, 근심어린 안색의 어머니를 뒤이어 노래하고 있는 데서, 시인의 다사로운 정감을 느낄 수 있다. 미련의 가을기운이 한결 삽상하게 느껴지는 것도 이러한 정감에 말미암는 게 아닐까?

부사의 시에 차운하다
次副使韻

한강 굽이굽이 꽃핀 둑 멀리멀리
누대 안이라 화려한 연회 열렸네.
강산은 살아 있는 그림이 되고
풍악은 마른 하늘 천둥을 치네.
꾀꼬리 집집마다 버들에서 지저귀고
꽃은 여기저기 누대에서 피어나네.
이 얼마나 좋은 달밤이런가
환한 달빛이 사람 향해 비추네.

漢曲芳洲遠　樓中綺席開
한곡방제원　루중기석개
江山成活畫　簫鼓殷晴雷
강산성활화　소고은청뢰
鶯老家家柳　花明處處臺
앵로가가류　화명처처대
如何良夜月　的的向人來
여하량야월　적적향인래

綺席(기석) 비단 자리, 화려한 연회. **老**(노) 노련하다. **鶯老**(앵로) 맑은 꾀꼬리 소리의 비유. **的的**(적적) 밝고 밝다.

동탕하는 서정

한강변 누대에서 화려한 연회를 벌인다. 굽이굽이 흐르는 강줄기, 멀리멀리 이어진 녹음방초 언덕. 누대를 에두르고 있는 강산은 살아 있는 그림이 되고, 풍악소리는 맑은 하늘에서 천둥이 치듯 울려 퍼진다. 술과 노래가 흥을 북돋운다. 꾀꼬리 맑은 울음소리 집집마다 버드나무에서 들려오듯, 기생의 노랫소리 누대 곳곳에서 밝게 울려 퍼진다. 이 얼마나 좋은 달밤인가! 밝고 밝은 달빛도 마치 우리를 향해 비추고 있는 듯하다.

질탕한 풍류의 흥취를 노래하고 있다. 어촌이 중국 사신을 접대하는 관반사館伴使로 활동하던 때 지은 작품이다. 함련은 시각적 이미지와 청각적 이미지가 멋진 대를 이루고 있으며, 경련의 꾀꼬리 울음소리와 기생의 노랫소리 대비도 돋보인다. 미련의 환한 달빛마저도 자신들을 향해 비추고 있다는 데서는 극에 달한 풍류의 흥취를 넉넉히 헤아릴 수 있다.

풍류風流는 시대에 따라 그 양상이 퍽도 다르게 전개되어 왔다. 신라시대에는 현묘한 도를 '풍류國有玄妙之道曰風流'라고 하였다. 고려시대에는 '술과 노래와 춤酒歌舞'이 한데 어우러진 낭만적 서정을, 그리고 조선시대에는 '자연을 완상하는 것賞自然'을 풍류라고 하였다. 이 작품에서는 고려시대의 풍류와 흡사한 동탕動蕩하는 서정이 두드러진다. 오늘날 우리시대의 풍류 역시 고려시대와 흡사하지 않나 싶다.

비단부채에 글씨를 쓰고 공용경의 운을 붙이다

題紈扇附龔用卿韻

거울처럼 평평한 호수
아스라이 푸른 바다로 이어지네.
물결은 모래언덕을 헤매다 하얗게 빛나고
고기잡이 불은 파도를 비추며 붉게 물드네.
난간에 기대어 돌아가는 새 바라보고
물가에 다다라 날아가는 기러기 세어보네.
어촌에 살면서 저절로 깨달은 것 있으니
갈매기 벗삼는 늙은이라는 사실이네.

湖水平如鏡　冥冥滄海通
호수평여경　명명창해통
潮光迷岸白　漁火射波紅
조광미안백　어화사파홍
倚檻看歸鳥　臨磯數去鴻
의함간귀조　임기수거홍
村居原自得　知是對鷗翁
촌거원자득　지시대구옹

冥冥(명명) 아득한 모양. 迷(미) 미혹하다, 헤매다. 檻(함) 난간. 磯(기) 물가.

경호어촌 해운소정

거울처럼 잔잔하고 평평한 호수, 아스라이 펼쳐진 동해바다로 이어진다. 밀려왔다 밀려가는 바닷물결은 모래언덕을 이리저리 헤매다 하얀 물거품으로 빛나고, 밤이면 고기잡이 배의 불이 파도를 비추며 붉게 물든다. 호숫가 누대에 올라, 난간에 기대어 깃 드리운 둥지로 돌아가는 새를 바라본다. 호숫가를 따라 걷다가는, 인기척에 놀라 날개를 차고 날아오르는 기러기를 세어본다. 어촌에 살면서 저절로 깨달은 것이 있으니, 날마다 갈매기를 벗삼으며 늙어간다는 사실!

경포호수 주변과 동해바다의 풍광을 스케치하듯 그리고 있다. 그러면서 달리 변화라는 것이 생겨날 성싶지 않은 일상 속에서, 눈앞의 물상과 풍경들을 벗하며 다만 늙어가는 자신을 돌아보고 있다. 열정을 잃을 때, 일상이 변화없이 반복될 때 우리는 급속히 늙는다. 한적함을 넘어서서 쓸쓸함이 짙게 풍겨온다.

작품 제목인 「비단부채에 글씨를 쓰고 공용경의 운을 붙이다 題紈扇附龔用卿韻」에는 어촌으로서는 특기할 만한 내력이 담겨 있다. 중국으로부터 황자皇子 탄생을 알리러 사신이 왔을 때, 어촌은 이들을 접대하는 관반사館伴使로 활동했다. 그때의 중국 사신 공용경은 어촌에게 '경호어촌鏡湖漁村' 네 글자와 오언율시 한 수를 써주었고, 또 다른 사신 오희맹吳希孟은 '해운소정海雲小亭' 네 글자를 써주며 흰 비단부채를 하나 주었다고 한다. 따라서 이 작품 제목에는 어촌 나름의 긍지와 추억이 담겨 있는 셈이다. 그때의 '鏡湖漁村'·'海雲小亭' 글씨는 현재 어촌이 기거했던 강릉 해운정 안에 판각되어 걸려 있다.

경상감사 성세창의 시에 차운하다
次慶尙監司成世昌韻

봄 맞아 성안의 버들 푸른 기운을 띠니
한번은 자연에 노닐고 한번은 또 다르게.
천년승지 이곳을 하늘도 관할치 않으셨나니
경호의 바람과 달을 올해야 함께 하는구나.

春城楊柳帶青煙　　一做淸遊一輾然
춘성양류대청연　　일주청유일전연
勝地千秋天不管　　鏡湖風月屬當年
승지천추천불관　　경호풍월속당년

做(주) 짓다, 만들다. **淸遊**(청유) 아담하고 깨끗하며 속되지 아니하게 놂. **輾**(전) 구르다, 반전하다. **屬**(속) 뒤따르다, 수행하다.

천년승지 이곳을

봄이 왔다. 버드나무에 물이 오르면서 초록잎새들이 돋아나는가 싶더니, 어느 사이 하늘거리며 푸른 기운이 감돈다. 나들이하기 안성맞춤이다. 새봄 기운과 함께 자연에 노니는 것보다 맑은 풍류가 어디 있으랴. 한번은 그렇게 또 한번은 다르게 노닐리라. 눈앞에 가득 펼쳐진 아름다운 풍광들! 천년승지 이곳을 하늘도 관할치 않으셨으련만, 저렇게나 아늑하고 풍요로울까! 경포호수의 바람과 달을 정녕 오늘에야 함께 하는구나!

새롭게 찾아온 봄을 반기면서 상춘의 즐거움에 들뜬 심경을 노래하고 있다. 상자연賞自然의 풍류를 누리기 더할 나위 없는 경포호수 주변 풍정을 '바람과 달'로 함축하고 있다. '천년승지'라는 표현 속에는 유구한 역사에 대한 자각과 향토에 대한 자긍심이 은근히 배어 있다. '바람과 달'은 자연의 대명사이기는 하지만, 경포호수와 관련해서는 그 면면한 애호의 역사를 어촌을 통해서도 새삼 확인할 수 있다. 정말 좋은 곳은 다른 곳에 가 있다가 다시 찾을 때 그 진가를 제대로 알게 되는 것 같다. '올해야 함께 하는구나!'에 담겨 있는 마음의 상태가 바로 그렇지 않은가 싶다.

경호 서당에 밤에 앉아서

鏡湖書堂夜坐

땅에 외로운 섬 머물렀으니 바로 청산인데
산 밖의 푸른 바다 드넓게 눈 안에 들어오네.
달이 밝으니 감호(거울호수) 고요하여
마치 다리미로 흰 비단 다림질한 것 같구나.

地留孤嶼卽青山	**山外滄溟入眼寬**
지류고서즉청산	산외창명입안관
月白鑑湖湖水靜	**恰如金斗熨氷紈**
월백감호호수정	흡여금두위빙환

孤嶼(고서) 외로운 섬. 여기에서는 화자가 앉아 있는 곳. **鑑湖**(감호) 거울호수. 경포호수의 다른 이름. **恰**(흡) 마치, 흡사. **金斗**(금두) 다리미. **熨**(위) 다림질하다.

다림질한 흰 비단

달이 밝게 떠오른 밤, 호숫가 서당에 앉아 창밖을 내다본다. 사위가 고요하다. 문득 청산 속 외로운 섬에 앉아 있는 느낌이 든다. 눈을 들어 바라보니, 청산 밖으로 펼쳐진 푸른 바다가 시야에 들어온다. 바로 눈앞의 호수로 시선을 옮긴다. 말 그대로 거울처럼 잔잔하고 맑다. 달빛에 반짝인다. 눈이 시리도록 곱다. 마치 다리미로 흰 비단을 다림질해 놓은 것 같다. 마음이 평온해지고 숨결도 부드러워진다.

경포호숫가에 자리잡은 서당(해운정)에서 완상하는 밤의 정취를 노래하고 있다. 자신이 기거하는 해운정을 '청산 속 외로운 섬'으로 비유한 데서, 달빛 머금은 경포호수를 '다리미로 흰 비단을 다림질한 것'으로 표현한 데서, 경물 묘사의 뛰어난 단면을 실감할 수 있다. 자연의 경물과 자아가 합일된 경지를 청신하게 그려내었다.

오랜 세월 수많은 시인묵객들이 경포호수의 아름다움을 노래했지만, 어촌처럼 '다리미로 흰 비단을 다림질한 것'으로 묘사한 예는 유례를 찾기 어렵다. 다만, 어촌보다 50년 뒤에 태어난 불세출의 풍류운사 송강 정철(1536~1593)은 「관동별곡」에서 끝없이 펼쳐진 경포 백사장을 "십리빙환十里氷紈을 다리고 고텨 다려/ 댱숑長松 울흔 소개 슬ᄏᆞ장 펴뎌시니(십리나 되는 흰 비단을 다리고 또 다려서, 솔숲 우거진 속에 싫토록 펼쳐 놓았으니)"라고 노래했다. 송강이 어촌의 시를 보았을 리 만무하다는 점에서, 그 시상詩想의 유사함에 놀라움을 감추기 어렵다.

마을 흥취

村興

마을길엔 발자국소리 끊길 만큼
이끼가 나막신 밑굽에 엉겨붙네.
풍족한 비에 매실은 굵어가고
바람은 가느다란 고사리 싹을 틔우네.
들판 어둑어둑 봄날이 저물더니
산이 밝아지며 바다에 햇살처럼 번지네.
하늘의 기밀 그윽하고 은은한 곳에
달빛이 성긴 주렴 사이로 들어오네.

村逕跫音絶　苔痕屐齒粘
촌경공음절　태흔극치점
雨肥梅子大　風引蕨芽纖
우비매자대　풍인궐아섬
野暗春陰晚　山明海日暹
야암춘음만　산명해일섬
天機幽闃處　夜月入疏簾
천기유격처　야월입소렴

跫(공) 발자국소리. **屐**(극) 나막신. **跫音**(공음)은 발자국소리. **屐齒**(극치)는 나막신 밑굽. **粘**(점) 엉겨붙다. **闃**(격) 고요하다.

아늑하고 평화로운 마을

마을길엔 사람들의 발자국 소리가 들리지 않을 만큼, 이끼가 나막신에 엉겨붙을 정도로 무성하다. 풍족한 비와 따사로운 볕의 혜택을 받아 매실은 날로 탐스러워지고, 훈훈한 봄바람은 산에 들에 고사리 싹을 틔운다. 봄날이 들판에 깔리는 땅거미와 함께 저물어간다. 이윽고 산등성이로 밝은 달이 떠올라, 바다에 햇살처럼 번진다. 아늑하고 평화로운 정경 속에서, 은은하게 유동하는 하늘의 기운을 느낀다. 밤으로 접어들자 주렴 사이로 스며드는 달빛. 다감한 달빛에 흐는히 젖어 그렇게 내내 앉아 있다.

자신이 사는 마을 주변의 한가로운 정취를 노래하고 있다. 고즈넉한 바닷가 마을 봄날의 정경과 봄밤의 흥취가 은은하게 전해져 온다. 특히 경련의 앞구, 들판이 어두워지고 땅거미가 깔리면서 저무는 봄날의 정경 묘사, 뒷구의 날이 저물자 산등성이로 달이 떠올라 바다를 햇살처럼 비추는 정경 묘사가 탁월하다. 사물과 정경의 섬세한 묘사를 바탕으로, 아늑하고 평화로운 마을의 정경과 흥취를 정겨움 넘치게 형상화한 작품이다.

정원의 국화

園菊

국화 향기 세 번을 맡고 한 가지를 꺾으며
정원을 날마다 거닐며 그윽한 자태 바라보네.
염부주 강물로 물들인 꽃이며
보타락가산에서 옮겨 심은 것이라네.
손에 가득 쥐고서 도연명은 취하였고
꽃잎 먹고 살아가던 굴원은 굶주렸네.
고고한 뿌리는 무서리 내려도 잘 자라니
다음 해 중양절을 다시 또 기약하노라.

三嗅寒香折一枝	中園日涉看幽姿
삼후한향절일지	중원일섭간유자
閻浮檀水花應染	補洛迦山種更移
염부단수화응염	보락가산종경이
盈把已拚陶令醉	飧英猶救楚臣飢
영파이변도령취	손영유구초신기
孤根好在繁霜下	來歲重陽又可期
고근호재번상하	내세중양우가기

三嗅(삼후) 세 번 냄새를 맡다. **閻浮檀水**(염부단수) 불가에서 말하는 남쪽 염부주에 있는 강물. **補洛迦山**(보락가산) 관음보살이 거처한다는 보타락가산補陀洛伽山. **拚**(변) 치다, 손뼉을 치다. **陶令**(도령) 도연명. **飧**(손) 먹다, 저녁밥. **楚臣**(초신) 굴원.

봄에는 진달래 가을에는 국화꽃

앞뜰에 국화꽃이 한창이다. 가까이 다가가 꽃향기 세 번을 맡고 한 가지를 꺾어 들며 제철을 실감한다. 보면 볼수록 정겹다. 날마다 정원을 거닐며 그윽한 자태를 바라본다. 불가에서는 잘 베풀어진 부처의 설법이라고도 했던가? 남쪽 염부주 강물로 물들인 꽃이며, 관음보살이 사는 산에서 옮겨 심은 것이라고도 한다. 도연명은 울타리 국화꽃을 꺾어 들고서 친구가 보내온 술과 함께 온종일 취하였고, 참소를 입고 유배간 굴원은 꽃잎으로 연명하며 굶주렸다. 고고한 그 뿌리는 무서리가 내려도 잘 자라니, 다음 해 중양절을 또 다시 기약하노라.

국화를 완상하며 떠오른 이야기들을 노래한 작품이다. 진달래가 봄의 대명사라면, 국화는 가을의 대명사다. 그래서 예로부터 가을을 노래하는 시편들에 의례 등장하는 꽃이기도 하다. 사대부 사회에서는 국화를 지조·절개의 상징으로 일컫는다. 하지만 민간에서는 장수의 상징으로서, 중양절 습속의 핵심 소재가 되어 왔다. 반면 서양에서는 죽음을 애도하는 꽃이기도 하다.

수련의 '삼후三嗅'는 『논어』 향당鄕黨편에 자로子路가 공자에게 꿩고기를 바치자 공자가 삼후이작三嗅而作(세 번 냄새를 맡고 일어나다) 했다는 데 연원을 두고 있다. 함련은 송나라 왕안석王安石의 「국화를 노래함詠菊」에 나오는 "보타락가산에서 종자를 얻어, 염부단수로 물들인 꽃이라네.補落迦山傳得種 閻浮檀水染成花"를 용사한 것이다.

남은 봄을 아쉬워하며 언기 권연의 시에 차운하다

惜餘春次權彦器璉韻

구불구불한 골짜기 길 아득하여 다 갈 수 없고
봄 다 지나가니 어느 곳에서 꽃 볼 수 있을까?
나무에 남아 있는 붉고 흰 꽃 오늘 저녁뿐이니
하늘에 좋은시절 빌리는 것 지금 이때 뿐이리라.
새 소리는 피리소리 같아 병든 귀를 속이고
버들 꽃은 눈과 같아 시인의 수염을 시기하네.
은근하게 다시 더불어 봄바람을 이야기하며
술동이 앞에 잠시 머물러 술잔을 기울이네.

赴壑奔蛇杳莫追　　傷春何處問芳期
부학분사묘막추　　상춘하처문방기
樹留紅白惟今夕　　天借菁華只此時
수류홍백유금석　　천차청화지차시
鳥語似簧欺病耳　　柳花如雪妬吟髭
조어사황기병이　　유화여설투음자
慇懃更與東風說　　少駐樽前許倒巵
은근경여동풍설　　소주준전허도치

奔蛇(분사) 뱀처럼 구불구불한 길. 菁華(청화) 아름다운 꽃망울, 사물의 정수, 멋진 시절. 簧(황) 피리. 髭(자) 코밑수염. 巵(치) 술잔.

다시 더불어 봄바람을

가는 봄이 아쉬워 꽃구경 겸 길을 나섰다. 구불구불 뱀처럼 휘어진 골짜기 길, 어디까지 이어질지 아득하다. 어느 곳으로 가야 남은 봄꽃을 볼 수 있을까? 오늘이 지나면 남아 있는 꽃들 마저도 다 떨어지리라. 그러니 좋은 시절 누릴 수 있는 것도 이때 뿐이리라. 유쾌하던 새들 소리도 조금씩 멀리서 들려온다. 마치 바람결 따라 흐르는 피리소리 같다. 한결 휘늘어진 버드나무에서는 버들솜이 눈송이처럼 날리면서 차츰 희게 변해가는 시인의 수염을 시기한다. 이렇게 봄을 떠나보내는 것이 아쉽기만 하다. 벗과 마주앉아 조촐하게 술잔을 기울인다. 나의 봄은 아직 끝나지 않았노라고, 더불어 봄바람을 이야기하며 계절의 끝자락에 자리를 편다.

떠나가는 봄날의 상심傷心을 노래하고 있다. 봄이 떠나가듯 자신의 인생도 어느 사이 봄날이 지나가는 것을 느낀다. 아쉬워한들 별다른 소용이 없지만, 그렇다고 이미 다 지나갔다는 생각에는 선뜻 동의하기 어렵다. 아직 남은 봄날이 있으리라. 그러니 내 인생의 봄이 다 가기 전에 달뜬 기운으로 활보하던 시절을 이야기하며, 다시금 그런 기운을 느낄 수도 있지 않겠느냐며, 그렇게 가만가만 스스로를 달래본다.

한번 지나간 시간은 누구도 돌이킬 수 없다. 우리는 흐르는 강물에 두 번 발 담글 수 없다. 그러나 그렇다고 해서 모든 시간이 다 사라져버리는 것은 아니다. 돌이킬 수는 없지만, 기억 속에 갈무리되어 되새길 수 있으므로! 가는 봄이 더욱 아쉽게 느껴지는 것은 우리의 기억 속에 갈무리되어 있는 시간들 때문인지도 모른다.

마른 대나무

枯竹

작은 마루의 풍옥이 가을 냉기를 머금으니
척박한 땅 마른 대나무 마디 또한 말랐구나.
반은 죽었건만 오히려 살려는 뜻 있으니
한 줄기 새 죽순이 비온 뒤에 돋아나겠지.

小軒風玉冷含秋　　瘦地枯篁節更脩
소헌풍옥랭함추　　수지고황절경수
半死尙知生意在　　一條新笋雨餘抽
반사상지생의재　　일조신순우여추

瘦(수) 파리하다, 척박하다. 篁(황) 대숲. 脩(수) 마르다. 抽(추) 돋아나다.

한 줄기 새 죽순이

마루에 놓아 둔 풍옥에서 차가운 가을 기운이 느껴진다. 계절이 깊어지면서 싸늘한 바람에 푸석해진 땅, 대나무 또한 부쩍 말라 수척해졌다. 가까이 다가가 본다. 반은 죽었지만, 뿌리께로는 여전히 푸른 기운이 감돌아, 소생할 뜻이 분명하다. 하여 다시 비가 내리고 나면, 한 줄기 새 죽순이 차가운 대기를 뚫고 돋아오르리라.

단순히 자연 풍정만이 아닌, 소생의 희망을 노래하고 있는 작품이다. 지금은 비록 척박한 토양 차가운 기운으로 마디가 말라 있지만, 푸른 기운만은 여전히 남아 있기에 비가 내려 환경이 바뀌면, 새롭게 죽순이 돋아 다시금 싱싱한 모습을 지닐 수 있으리라는 희망이다. 스스로가 원해서 이루어진 낙향이 아니었던 어촌으로서는, 명예 회복에 대한 의지와 갈망이 적지 않았을 터다. 마른 대나무로 형상된 낙향의 씁쓸한 처지를 돌아보면서, 여전히 회생의 희망 또한 가지고 있음을 담담하게 노래하고 있는 작품이다.

제3부
우국애민의 정성을 노래한 시

보리밭 물결

麥浪

기다란 줄기에 이삭 달고 해저물녘 무성한데
개간한 밭 아스라이 멀리 숲까지 닿아 있네.
거센 물결 일어날 때 바람은 불다가 그치고
푸른 무늬 일렁이는 곳에 비는 내리다가 개이네.
서로 품어 도우니 번거로이 물길 낼 필요가 없고
들어올리기 힘쓰니 누가 감히 자람을 비교하리오.
농가의 향작이 익어가는 것 물끄러미 바라보며
시경 주송 풍년 기원하는 수명음 노래하려네.

長稍合穗晩蕭森　　極目山畬隔遠林
장초합수만소삼　　극목산여격원림
驚浪起時風動靜　　翠紋生處雨晴陰
경랑기시풍동정　　취문생처우청음
懷襄不用煩疏鑿　　揭厲誰敢較淺深
회양불용번소착　　게려수감교천심
佇見田家香熟穱　　擬歌周頌受明吟
저견전가향숙작　　의가주송수명음

稍(초) 벼줄기 끝. **穗**(수) 이삭. **蕭森**(소삼) 수목이 많은 모양. **畬**(여) 새 밭, 개간한 밭. **疏鑿**(소착) 물을 통하게 하기 위해 땅을 파거나 뚫음. **揭**(게) 들어올리다, 걷어올리다. **厲**(려) 힘쓰다. **佇**(저) 우두커니, 물끄러미.

농가의 향작이 익어가니

해 저물녘에 찾은 보리밭, 기다란 줄기에 이삭을 달고 빽빽이도 들어서 있다. 눈을 들어 바라보니 개간한 밭 아스라이 멀리 산등성이 숲까지 닿아 있다. 드넓게 펼쳐진 보리밭, 바람을 따라 거센 물결이 일어났다가 잔잔해지고 잔잔해졌다가 다시 일어난다. 장관이다! 푸른 무늬가 일렁이는 곳으로 비는 내렸다 그쳤다를 반복하면서 날로 자라난다. 나란히 붙어 있으면서 서로 품어 도우니 땅을 파거나 뚫어 물길을 낼 필요가 없다. 줄기의 잎들을 서로 들어올려주며 함께 자라니 누가 감히 더 자랐니 덜 자랐니 비교를 하겠는가. 농가의 향기로운 곡식이 익어가는 것을 물끄러미 바라보노라니, 저절로 떠오른다. "새로 일군 밭 어떻다던가? 아, 아름다워라 밀과 보리는. 하늘의 큰 은혜 받잡게 되리!" 시경 주송의 풍년을 기원하는 노래 수명음!

새롭게 개간한 밭에 심겨진 보리밭을 바라보며, 농가의 향작이 풍성해지기를 기원하는 마음을 노래하고 있다. 애민시의 하나다. 『어촌집』 권1에 실려 있어 비교적 이른 시기에 지어진 것으로 보인다. 젊은 시절에 이러한 애민의 뜻을 시화詩化한 사대부는 흔치 않다. 어촌시의 개성적 일면을 잘 보여준다고 할 것이다.

미련의 뒷구 '주송수명음周頌受明吟'은 『시경』 주송 「신공臣工」에 나오는 "때는 늦은 봄, 농사 말고 무엇을 하리. 새로 일군 밭 어떻다던가? 아, 아름다워라 밀과 보리는. 하늘의 큰 은혜 받잡게 되리! 維莫之春 亦又何求 如何新畬 於皇來牟 將受厥明"를 말한다.

보리 거두어들이는 가을에 자유 김광철의 시에 차운하다

麥秋次金子由光轍韻

높다란 누정에 홀로 서서 보전편을 노래하고
곧이어 동으로 서으로 밭두둑을 돌아보네.
두 가닥 상서로운 보리는 바람 속에 향기롭고
아홉 이삭 아름다운 벼는 시절 비에 잘 자라네.
반가울사 농부님네 남쪽 이랑에서 흥을 돋우고
기꺼울사 선비님네 북쪽 창가에서 잠을 잔다네.
하늘은 응당 농가의 괴로움 생각하실 것이니
팔곡성 별빛이 올해도 풍년을 빚어내겠네.

獨立長亭詠甫田　　剩看西陌又東阡
독립장정영보전　　잉간서맥우동천
兩岐瑞麥薰風裏　　九穗嘉禾好雨邊
양기서맥훈풍리　　구수가화호우변
喜入農夫南畝興　　懽連騷客北牕眠
희입농부남무흥　　환련소객북창면
皇天應念田家苦　　八穀星芒犯有年
황천응념전가고　　팔곡성망범유년

麥秋(맥추) 보리 거두어들이는 가을. **甫田**(보전) 『시경』 소아小雅 보전편. **陌**(맥) 두둑, 두렁. **阡**(천) 두둑, 두렁. **瑞麥**(서맥) 상서로운 보리, **畝**(무) 이랑. **騷客**(소객) 시인·문사의 총칭. **八穀星**(팔곡성) 팔곡을 관장하는 별. **芒**(망) 까끄라기, 곡식 낟알 끝에 붙은 깔끄러운 수염. **犯**(범) 범하다, 빚어내다. **有年**(유년) 풍년.

하늘은 응당 농가의 괴로움을

높다란 누정에 올라 풍작을 기원하고 기리는 노래를 읊조린다. 곧 이어 동쪽으로 서쪽으로 길게 벋어난 밭두둑을 돌아보며 풍작의 기운을 살핀다. 한 대에서 여러 이삭이 나오는 상서로운 보리 서맥, 영근 이삭이 일렁이는 바람결 속에서 향기롭다. 아홉 이삭 무겁게 매단 아름다운 벼, 시절에 맞춰 내리는 비에 날로 자라고 있다. 풍작이 반가운 농부님네는 남쪽 이랑에서 흥에 겹고, 시절이 기꺼운 선비님네는 태평성대를 노래하며 북쪽 창가에 기대어 잠을 잔다. 응당 농가의 괴로움을 살피신 하늘의 덕이려니, 풍우 순조로와 풍년을 기약하리라.

풍작을 기원하며 태평성대를 기리고 있다. 이 작품 역시 애민시의 하나다. 하필이면 '보리'를 제재로 하고 있는 것은, 어촌의 향리 강릉 인근이 지형적으로 논농사가 발달하지 않은 지역인 데다, 과거에는 오늘날과 달리 보리가 주곡의 하나였던 까닭이다. 경련에서 농부와 함께 소객(騷客: 시인·문사)을 등장시키고 있는 점이 이채롭다. 계층 간의 조화를 염두에 둔 것으로 보인다.

수련 앞구의 '보전甫田'은 『시경』 소아小雅 「보전」의 "저 넓고도 큰 밭에서, 해마다 수많은 추수를 했네. 먹고 남은 그 곡식으로는, 우리 농부들을 먹여 왔으니, 예로부터 풍년이 계속 들었네. 倬彼甫田 歲取十千 我取其陳 食我農人 自古有年"를 말한다. 위정자의 덕화德化와 함께 풍작을 기원하고 기리는 대목이다.

창성관에서 유숙하다

宿昌城館

마을 삽살개는 황량한 변방에서 짖어대고
돌 성곽은 산 밑동을 주발처럼 에둘렀네.
환한 달빛은 봉화불을 미혹하고
변방 소리들은 꿈속 혼을 휘감네.
날샐 무렵에는 오히려 딱따기를 치고
해 저물어야 비로소 성문을 여네.
농사짓는 백성들의 애처로운 일상
개간한 밭에는 또 부세가 매겨지네.

村尨吠荒戍　石壘椀山根
촌방폐황수　석루완산근
月色迷烽火　邊聲繞夢魂
월색미봉화　변성요몽혼
更殘猶擊柝　日晩始開門
경잔유격석　일만시개문
耕稼哀民事　畬田賦亦存
경가애민사　여전부역존

尨(방) 삽살개. **壘**(루) 진, 성채. **椀**(완) 주발, 그릇. **繞**(요) 둘러싸다, 휘감다. **更殘**(경잔) 날이 샐 무렵. **柝**(석) 딱따기. **畬**(여) 새 밭, 개간한 밭.

변방 백성들의 처지

황량한 수자리 땅, 삽살개 짖는 소리가 마을에 울려 퍼진다. 돌로 쌓은 성곽은 산 밑동에 둥그런 밥그릇 모양으로 에둘러 있다. 하늘은 맑디 맑아 달이 환하게 온 산을 비춘다. 봉화불을 올린들 선뜻 눈에 띌지 모르겠다. 곳곳에서 변방 특유의 스산한 소리들이 들려와, 꿈속 혼조차 휘감을 듯싶다. 을씨년스럽다. 날이 샐 무렵에야 오히려 야경 돌 때 쓰는 딱따기를 친다. 또 해가 저물어야 비로소 성문을 연다. 변방이라니, 밤에는 움직이고 낮에는 쉰다. 척박한 땅에서 농사짓는 백성들, 어디를 보아도 애처러운 일상들 뿐이다. 겨우겨우 개간이라도 해서 먹고 살려고 하면, 여지없이 또 부세가 매겨진다. 이러면서 어떻게 살아갈 수 있는 건지, 가슴이 답답해져 온다.

황량한 변방의 풍광, 척박한 백성들의 삶을 노래하고 있다. 목민관의 시선에 포착된 변방의 경물, 풍토, 일상의 정경들을 사실적으로 묘사하면서, 그 속에서 살아가는 민초들의 삶을 연민의 정과 함께 바라보고 있다. 달리 무슨 도리가 있을지, 갑갑한 심경에 놓여 있는 화자를 넉넉히 떠올릴 수 있다.

창성은 평안도 서북쪽 압록강변에 위치한 고을이다. 어촌은 50살 때 평안도 경변사警邊使로 나아갔다. 이때 지은 시편들 가운데에는 이와 같은 경향의 작품들이 적지 않다.

고산리보에 머물다

留高山里堡

고산보에서 이틀을 유숙하니
밤중에 온갖 상념 일어나네.
강물은 갈라져 경계를 이루고
진눈깨비는 가두어 성을 고립시키네.
세밑을 나는 백성들의 삶 애처롭고
오랑캐 방어에 병사들 근심이 가득.
내가 오기를 다투어 기다렸다기에
우리 백성들 지켜주리라 대답했다네.

信宿高山戍　　中宵百感生
신숙고산수　　중소백감생
江河分異界　　雨雪閉孤城
강하분이계　　우설폐고성
卒歲哀民事　　防秋愍土兵
졸세애민사　　방추민토병
吾行爭手額　　持低答邊氓
오행쟁수액　　지저답변맹

堡(보) 작은 성. **信宿**(신숙) 이틀 밤을 묵음. **卒歲**(졸세) 한 해를 마치는 즈음, 겨울나기. **防秋**(방추) 오랑캐 쳐들어오는 것을 막음. **愍**(민) 근심하다. **手額**(수액) 손을 이마에 얹다, 기다리다. **持**(지) 보전하다, 지키다. **低**(저) 밑, 속, 안. **氓**(맹) 백성.

내가 오기를 기다렸다기에

압록강 경계에 자리잡은 고산리 보에서 이틀을 유숙한다. 온갖 상념이 들끓어 도시 잠이 오지 않는다. 강물의 이쪽과 저쪽, 우리와 오랑캐의 경계다. 날이 차가와지면서 진눈깨비가 내린다. 사람들의 발길마저 끊겨 성에 갇힌다. 한 해가 저무는 때, 세밑을 나는 백성들의 삶은 애처롭기 짝이 없다. 오랑캐를 방어하는 병사들 낯에는 근심이 가득하다. 이곳에 처음 당도했을 때, 백성들은 내가 오기를 앞다투어 기다렸다고 했다. 그래서 나도 힘주어 말했다. 여러분들을 어떻게든 지켜주겠노라고! 그런데, 이들을 어떻게 지켜줘야 할지…….

변방을 순행하는 목민관의 고뇌를 노래한 작품이다. 오랑캐의 침탈로부터 백성들을 보호하고, 그들의 척박한 환경과 생활을 어떻게 보살펴 주어야 할지 고민하는 모습이 행간에서 점점이 묻어난다. 어떻게든 지켜주겠노라고 일단 말은 해 놓았지만, 당장 뾰족한 도리가 없어 잠을 이루지 못하는 애민의 정성 때문이다. 진실한 마음은 일의 성사 여부를 떠나 아름답다.

'防秋(방추)'라는 표현은 오랑캐가 주로 가을에 쳐들어오기 때문에 생겨난 말이다. '手額(수액)'은 이마에 손을 얹는 것, 즉 어디쯤 오는가를 가늠하는 모습으로부터 기다림을 의미한다.

만포에서 유숙하고 늦게 일어나다

宿滿浦晩起

창밖으로 해가 벌써 중천인데
성문은 아직도 열리지 않았네.
국경방비 강으로 경계를 삼고
봉수자리 돌로 축대를 쌓았네.
고달픈 수자리 병기와 늘상 더불고
황량한 밭에는 잡초가 반이나 되네.
외로운 성벽 조석으로 지키건만
백성들 생활이 가장 애처롭다네.

窓外三竿日　　城門尙未開
장외삼간일　　성문상미개
關防江作界　　烽燧石爲臺
관방강작계　　봉수석위대
苦戍常戈甲　　荒田半草萊
고수상과갑　　황전반초래
孤墉保朝暮　　民事最堪哀
고용보조모　　민사최감애

三竿日(삼간일) 대나무 3개 길이 정도 해가 솟은 시기로, 한낮을 의미함. 萊(래) 명아주, 잡초. 墉(용) 담, 벽, 성.

외로운 성벽 조석으로 지키건만

변방 순행을 계속한다. 만포에서 유숙하고 느지막히 일어났다. 창 밖으로 해가 벌써 중천이다. 성문은 아직도 열리지 않아 들어갈 수가 없다. 밤이 길고 낮이 짧은 생활들이다. 국경의 경계는 강으로 나뉘어 있고, 봉수자리는 돌로 축대를 쌓아 만들어 놓았다. 수자리 생활은 항상 창과 갑옷이 함께해 고달프기만하다. 성밖 황량한 밭에는 제때를 놓쳐 잡초가 반이나 자라 있다. 그야말로 피폐한 모습들이다. 외로이 둘러 있는 성벽을 조석으로 지키건만, 백성들 생활이 가장 애처롭다. 변방 차가운 기운이 새삼 가슴 속으로 스며든다.

변경邊境의 풍광과 민생의 고달픔을 노래하고 있다. 활력이라고는 찾아보기 어려운 국경지대 물상과 정태를 그리면서, 강 하나를 사이에 두고 북쪽 오랑캐의 침탈을 방비하는 수자리의 고달픔, 제때 농사마저 짓지 못해 궁핍한 삶을 살아가는 백성들의 애환에 동화同化의 시선이 머문다. 동화의 시선은 화자의 가슴 속에 차가운 기운을 불러일으킨다. 특히 변방 한 모퉁이에 쓸쓸하게 서 있는 성벽을 밤낮으로 지키는 수자리의 모습은, 평안도 경변사警邊使로 고을을 순행하는 어촌의 모습과도 흡사하다. 그렇듯 삭막한 환경 속에서 살아가는 백성들의 애환이 어촌에게 각별한 느낌으로 다가올 것은 당연하다. 제목의 '늦게 일어남 晩起'은 흔히 한가로움을 의미하지만, 여기에서는 활력없는 모습의 우회적 표현이다.

고산 역관 시에 차운하다

高山驛館次韻

변방 빈 관아에 타고 온 말 매어 두고
나그네 길 위에서 세상사 신맛에 전다네.
먼 숲 갈가마귀 소리에 천 길 산이 저물고
작은 계곡에 낙엽 지니 가을 추위가 스미네.
오랜 세월 쌓아온 마음 성군께 실어 보내나니
긴긴 여정 겪은 풍상 얼굴엔 병색이 완연하네.
옛숲 생각 물리치고 평온히 깃들자고 다독이니
뱁새가 나뭇가지 하나로 편안함을 얻은 듯하네.

天涯空館住征鞍　　客路偏嘗世味酸
천애공관주정안　　객로편상세미산
遠樹鴉啼千嶂暮　　小溪楓落九秋寒
원수아제천장모　　소계풍락구추한
十年肝膽輸明主　　萬里風霜着病顔
십년간담수명주　　만리풍상착병안
却憶故林棲自穩　　鷦鷯猶托一枝安
각억고림서자온　　초료유탁일지안

天涯(천애) 변방, 변경. **征鞍**(정안) 여정길 말안장. **肝膽**(간담) 간과 쓸개, 속마음을 비유적으로 이르는 말. **鷦鷯**(초료) 오목눈이, 뱁새.

스스로를 다독이며

하늘 끄트머리를 걷는 변방 나그네 신세임을 절감한다. 빈 관아에 타고 온 말 매어 두고 객관에 들자니, 세상사 간난신고艱難辛苦에 절어 가는 느낌이다. 먼 숲에서 지저귀는 갈가마귀 소리와 함께 천 길 높이의 산 너머로 해가 진다. 싸늘한 바람이 일면서 계곡에 낙엽이 진다. 때 이른 가을 추위가 몸으로 스며든다. 성상께서는 이러한 나의 처지를 헤아려나 주실는지. 가을바람에 오래도록 가슴속에 쌓아 온 충정衷情을 성상께 실어보낸다. 돌아보니 긴긴 여정에 겪은 풍상으로 얼굴엔 병색이 완연하다. 하지만 달리 도리가 없다. 옛 생각 떠올리면 떠올릴수록 오히려 괴로움만 더한다. 하여 가만가만 스스로를 다독인다. 지금의 처지일망정 어떻게든 평온한 심사를 갖자고. 뱁새가 깊은 숲에 집을 지어도 나뭇가지 하나면 족하듯, 그런 심사로!

머나먼 변방을 떠돌아야 하는 신세를 탄식하면서, 가슴 깊이 간직해 온 충정을 임금께 전하고픈 심경을 노래하고 있다. 함경도 관찰사에 제수된 51살 때의 작품이다. 중앙으로부터 멀리 벗어날수록 그만큼 돌아갈 기약이 막연한 데 대한 불안의식이 깔려 있다. 스스로를 다독이는 일은 이러한 불안의식과 맞닿아 있다. 애처럽고 쓸쓸하다.

미련의 뒷구 '뱁새가 나뭇가지 하나로 편안함을 얻은 듯하네. 鷦鷯猶托一枝安'는 『장자』 내편 「소요유逍遙遊」에 나오는 '뱁새가 깊은 숲에 집을 지어도 나뭇가지 하나면 족하고 鷦鷯巢於深林 不過一枝'를 용사한 것이다.

단천 객관에서

端川客館

그리하여 세월은 흐르는 물과 같아
초여름 강둑에는 꽃잎이 지고 있네.
변방 쓸쓸한 바람 나무에 달이 걸리고
들녘 자고새 소리 푸른 숲속에 흐르네.
눈을 들어 산천 바라보니 고향이 아니어서
등잔불 아래 시를 지어 지금의 일을 기록하네.
외로운 몸 쓸쓸한 그림자 슬픔이 넘쳐나니
누가 알리오 내 마음속에 두견새 있다는 것을!

遮莫光陰似逝川　　江城初夏落花天
차박광음사시천　　강성초하락화천
塞風淅瀝黃楡月　　野鳥鉤輈碧樹煙
새풍석력황유월　　야조구주벽수연
擧目山河非故國　　載詩燈火記當年
거목산하비고국　　재시등화기당년
單形隻影偏堪弔　　誰識心中有杜鵑
단형척영편감조　　수식심중유두견

遮莫(차막) 그렇다 하더라도, 그렇다면의 뜻을 지닌 속어. **淅瀝**(석력) 비 바람 소리, 애처럽고 쓸쓸한 모양. **鉤輈**(구주) 자고새 우는 소리.

누가 내 마음속 두견새를 알까?

그리하여 세월은 흐르는 물과 같아, 어느 사이 여름으로 접어들었다. 강둑에는 화사하게 피어났던 봄꽃들이 하나 둘씩 지고 있다. 밤이 찾아온다. 변방에 이는 바람소리, 애처럽고 쓸쓸하다. 느릅나무 가지에 달이 걸린다. 들녘에서 우는 자고새 소리, 숲을 타고 연기처럼 흐른다. 여전히 친숙하지가 않다. 주변을 둘러볼 때마다 낯선 타향임을 실감한다. 내게 이런 시절의 역정歷程이 있었노라고 회상하게 될지도 모른다. 그래서 등잔 아래에서 지금의 일들을 시로 남겨놓는다. 밤 깊어 등잔불에 어리는 외롭고 쓸쓸한 신세를 새삼 돌아본다. 누가 알까? 내 마음속에 두견새 있다는 것을!

함경도 변방을 순회하는 자신을 씁쓸하게 돌아보고 있다. 그러면서 어느 상황에서고 가슴에 단단하게 서려 있는 충정衷情을 노래하고 있다. 연군戀君으로 표상된 우국의 정성이 미련의 뒷구 '마음속 두견새'에 함축되어 있다. 주변 풍광이 화자에게 여전히 친숙지 않은 모습非故國으로 다가오는 것은, 지금의 처지가 억울해서다. 그래서 머잖은 날 벗어날 수 있다는 생각이 내내 맴돌기 때문이다. 그럴 때마다 지금의 심경을 시로 남겨놓는다. 먹물을 몸에 붙이고 사는 문인 사대부의 습성이자 편력의 단면을 확인할 수 있는 예이기도 하다.

회령 역산역 시에 차운하다

會寧櫟山驛次韻

들판은 첩첩한 국경으로 이어지고
용성과는 사이길로 서로 통하네.
산이 비었는데 누가 역산이라 부르나?
땅이 척박해서 소나무도 자라지 않거늘.
백성들은 한 섬의 곡식조차도 없고
개간한 밭은 해마다 풍년이 드무네.
궁핍한 변방이라 질병도 많아
말하려니 입에 담기조차 어렵네.

鹿野重關隔　龍城間道通
녹야중관격　용성간도통
山空誰號櫟　地瘠不生松
산공수호력　지척불생송
擔石民無産　畬田歲少豐
담석민무산　여전세소풍
窮邊多疾苦　欲說口難容
궁변다질고　욕설구난용

櫟(역) 상수리나무. **關**(관) 관문, 국경. **擔石**(담석) 얼마 되지 않는 분량. **擔**은 한 짐, **石**은 한 섬. **畬田**(여전) 새로 일군 밭, 개간한 밭.

입에 담기조차 어려워

좁은 들판을 발치에 둔 고을이다. 멀지 않은 들판 끝으로는 첩첩한 산들이 국경으로 이어지고 있다. 용성과는 사이길로 왕래한다. 산이 온통 비어 있다. 산에 나무 한 그루 없거늘 누가 이곳을 상수리나무 우거진 고을이라고 부르는가? 땅이 척박해서 소나무도 자라지 않거늘. 백성들은 궁핍하기 짝이 없다. 한 섬의 곡식조차도 없고, 개간한 밭 또한 풍년 드는 해가 드물다. 궁핍하게 사는 곳이라 질병도 많다. 이것저것 얘기하자니 입에 담기조차 어렵다. 이들을 어떻게 구제해서 입에 풀칠이라도 하고 살아가게 해야할지, 가슴이 온통 답답하다.

입에 담기조차 어려운 변방 민초들의 곤궁한 삶을 노래하고 있다. 함련의 '비어 있는 산 空山'이라는 표현에 화자의 심회가 응축되어 있다. '역산'이라는 고을이름을 두고 씁쓰레한 웃음을 짓는 어촌의 모습에서, 우국애민의 정이 배어나온다. 함경도 서북쪽 끝, 어딘들 사람이 살지 않겠는가 마는, 지금의 눈으로 보면 극지나 다를 바 없다. 강릉에서 태어나 한양에서 벼슬살이를 하다 이와 같은 극지를 순행하는 어촌의 가슴속에, 어떤 느낌과 생각들이 고여 답답하고 안타까운 심경에 놓였을지 넉넉히 짐작할 수 있다. 오죽했으면 입에 담기조차 어렵다고 했을까! 기록은 자주 기억을 지배한다.

부령 부거현에서 짓다

題富寧富居縣

산 아래 묵정밭 겨우 몇 뙈기 될까말까
누런 띠풀 바랜 집은 울타리가 엉성하네.
빈궁한 백성 살아갈 계책 힘입을 데 없거늘
오래된 고을 부유한 동네 허황된 지명이네.

山下荒田數頃餘　　黃茅白屋野籬疏
산하황전수경여　　황모백옥야리소
貧民活計本無賴　　古縣虛名是富居
빈민활계본무뢰　　고현허명시부거

賴(뢰) 의뢰하다, 힘입다.

허황된 고을 이름

부령 부거현, 이름으로만 따진다면 부유하고 평안하게 부자들이 사는 고을. 그러나 눈앞에 펼쳐진 정경은 이름과는 전혀 다르다. 산 아래 묵정밭 겨우 몇 뙈기에, 띠풀로 엮어 지은 집. 게다가 누런 띠풀은 허옇게 바래가고, 울타리는 그게 정말 울타리인지 겨우 형체만을 띠고 있다. 그렇다고 달리 생계를 꾸려갈 만한 물산이나 힘입을 만한 무엇이 있는 것도 아니다. 그렇거늘 부령 부거현, 허황된 고을 이름을 여기에서 보는도다.

고을 이름과 대조되는 빈한한 고을 형편을 함축적으로 노래하고 있다. 희작戱作의 분위기는 표면적으로 고을 이름에 연유하는 것이기는 하지만, 실제로는 이같은 희작적 태도를 통해 민생의 빈한한 처지를 형상화하는 어촌의 지향의식에 말미암는다. 익숙한 대상을 희작적 태도를 통해 낯선 듯이 바라보면서, 이면적으로 하고자 하는 말을 언어의 옷을 입혀 익숙하지 않은 모습으로 드러내놓는 것이다. 이와 같은 익숙지 않은 모습에서 우리는 대상을 새삼 새롭게 인식할 수 있는 기회를 얻게 된다. 일종의 '낯설게하기' 미적 효과다. 조선후기 난고 김병연(1807~1863)의 시편들은 이러한 희작시의 극단이자, 우리나라 희작시의 대명사라 할 수 있다.

우연히 읊어 자강에게 부치다

偶吟寄子剛

북녘 땅 아득하게 바다 빈곳 끌어당기고
오랑캐 바람 비를 몰아와 말채찍 휘둘렀네.
활과 칼을 차고서 천리를 정벌하고
시와 서를 덮고서 10년을 분투했네.
두만강 깊은 물에 붓을 던져 버리고
백두산 정상에 용천검을 걸어 놓았네.
한나라 명장 이광이 초췌한 모습으로 돌아왔으나
술취한 패릉위가 어찌 노련한 솜씨를 알았겠는가.

朔土茫茫控海堧　　蠻風蜒雨入吟鞭
삭토망망공해연　　만풍연우입음편
便從弓劍征千里　　却悔詩書苦十年
편종궁검정천리　　각회시서고십년
豆滿江中投象管　　白頭山上掛龍泉
두만강중투상관　　백두산상괘룡천
灞陵飛將還憔悴　　醉尉寧知是老拳
파릉비장환초췌　　취위녕지시로권

朔土(삭토) 북녘. **堧**(연) 빈터. **蜒**(연) 구불구불하다. **象管**(상관) 상아로 만든 붓대, 진귀한 붓. **龍泉**(용천) 용천검, 보검 이름. **灞陵**(파릉) 중국 한나라 문제文帝의 능. **飛將**(비장) 한나라 명장 이광李廣의 별칭. **醉尉**(취위) 술취한 패릉위覇陵尉. **老拳**(노권) 노련한 솜씨.

두만강과 백두산에

북녘 땅 넓고 넓어 아득한 바다같았다. 마치 그 바다 빈곳으로 끌어당기는 듯 했다. 오랑캐 땅에서 불어오는 거센 바람, 비를 휘몰아와 말채찍을 휘두르게 했다. 활과 칼을 차고서 천리를 정벌하면서, 문인 생활 덮어둔 채 10년을 분투했다. 두만강 깊은 물에 붓을 던져 버리고, 백두산 꼭대기에 용천검을 걸어 놓았다. 한나라 명장 이광李廣이 흉노 토벌에 실패해 돌아와 봉변을 당했으나, 봉변을 준 술취한 패릉위 훗날 이광의 노련한 솜씨에 당하게 될 줄 어찌 알았겠는가.

북쪽 변방 순행의 역경과 가슴 밑바닥에 품은 생각을 노래한 작품이다. 문인 사대부건만 무인의 행로를 걸을 수밖에 없는 처지를 받아들이면서도, 지금은 비록 처지가 이렇지만 상황이 바뀌어 곤경에서 벗어날 수 있음을 스스로에게 다짐하고 있다. 경련 '두만강 깊은 물에 붓을 던져 버리고, 백두산 정상에 용천검을 걸어 놓았네.'는 무인의 행로에서 갖게 된 우국애민의 정성이자, 스스로를 만족스럽게 돌아보는 것은 아니라는 속내를 넌지시 비친 것이다. 미련의 '술취한 패릉위'는 이러한 속내의 연장선 상에서 이해할 필요가 있다.

미련은 고사를 모르고서는 이해 자체가 불가능하다. 한나라 명장 이광이 흉노 토벌에 실패한 죄로 서인庶人이 되어 술취한 패릉위覇陵尉에게 봉변을 당했는데, 훗날 노련한 솜씨로 패릉위를 참수한 고사다. 상황이 바뀌어 지금의 처지에서 벗어날 수 있음을 어촌 스스로가 위안하고 다짐하는 차원에서 용사한 것으로 보인다.

황숙공에게 부치다

寄黃叔貢

당초의 시서 공부가 평생을 그르쳤으니
장수가 오히려 공명을 이루기에 족하네.
누런 모래 자갈밭에 가을 기러기 울어예고
푸른 바다 성 머리에는 달이 솟아 빛나네.
가물거리는 외로운 등불 마음을 만리 밖으로
쓸쓸한 귀밑머리 천 줄기 눈처럼 하얗네.
구중궁궐 바라보며 밤새워 애태우나니
어찌하면 이내 심정 임금께 전할까?

有底詩書誤平生　　兜鍪猶足做功名
유저시서오평생　　두무유족주공명
黃沙磧外秋鴻叫　　青海城頭夜月明
황사적외추홍규　　청해성두야월명
耿耿孤燈心萬里　　蕭蕭雙鬢雪千莖
경경고등심만리　　소소쌍빈설천경
九重北顧方宵旰　　那得憑君達下情
구중북고방소간　　나득빙군달하정

兜鍪(두무) 투구, 장수. **做**(주) 짓다, 만들다. **耿耿**(경경) 불빛이 깜박거림. **莖**(경) 줄기. **九重**(구중) 구중궁궐. **下情**(하정) 아랫사람들의 사정, 자기 심정이나 뜻을 겸손하게 이르는 말.

어찌하면 이내 심정을

돌이켜 생각해 보면, 어릴 때부터의 시서 공부가 평생을 그르쳤다 싶기도 하다. 문인보다는 무인이 오히려 공명을 이루기에는 족한 듯 싶다. 북녘 변방 황량한 땅, 누런 모래 자갈밭에선 가을 기러기 울어 예고, 바다가 건너다 보이는 성 머리에는 달이 솟아 빛난다. 침소에 든다. 가물거리는 등잔불, 우두커니 바라보자니 마음이 만리 밖으로 내닫는다. 궁궐 생각, 고향 생각, 많이도 쓸쓸하다. 어느 사이 귀밑 머리는 눈 덮인 하얀 줄기가 되었다. 구중궁궐 바라보며 밤새워 애를 태운다. 어찌하면 이내 심정 임금께 전할 수 있을까? 어떻게 하면 이 내 마음 임금께서 헤아려주실까? 뜬눈으로 밤을 지샌다.

변방에 덩그마니 놓여 있는 자신을 돌아보며 연군의 정을 노래하고 있다. 애초 무인의 행로를 걸었던들 지금의 처지보다는 훨씬 나았지 않았을까 하는 심사의 이면에는, 문필文筆의 삶이 무열武烈의 삶에 견주어 훨씬 복잡다단하다는 의식이 자리잡고 있다. 그러나 과연 그러한지는 무인의 관점에서 보면 또 전혀 다를 것이다. 로버트 프로스트Robert Frost의 「가지 않은 길」, 훗날 한숨을 쉬며 회상하는 '다른 길'의 경우일 터다. 연군은 유가 사대부라면 으레 표방하는 정서지만, 자신의 충정衷情을 어떻게든 전하고 싶은 마음이 더해질 때 보다 간절해진다. 그 간절함이 밤새워 애를 태우게 하는 동인動因인 셈이다.

주촌 역관 시에 차운하다

次朱村驛館韻

십리 쯤에 밥 짓는 연기 외딴 마을을 둘렀는데
산비탈 묵정밭을 아들에게로 다시 손자로.
천년토록 풍속이 무언지 묻는 사람 없었겠으나
삼년 동안 마을 걸어다녀도 마음은 남아 있겠네.

十里炊煙繞別村	山菑傳子復傳孫
십리취연요별촌	산치전자부전손
風謠千古無人問	三載遲回意有存
풍요천고무인문	삼재지회의유존

菑(치) 묵정밭. **風謠**(풍요) 그 지방의 풍속을 읊은 노래, 시경 국풍에 실린 시.
遲回(지회) 하는 일 없이 여기저기 거닒.

외딴 마을

저 멀리 밥 짓는 연기에 둘러싸인 외딴 마을이 어슴프레 눈에 들어온다. 가까이 다가가 보니, 겨우 산비탈에 일군 밭뙈기에 의지해 몇 가구가 살고 있다. 그마저도 제때 농사를 짓지 못했는지 묵정밭이다. 아버지에게서 아들로, 아들에게서 손자로, 그렇게 대대로 오랜 세월을 전해 내려오고 있다. 다른 무엇도 없이, 그뿐이다. 그러니 천년토록 이 마을에 무슨 풍요風謠-풍속을 읊은 노래가 있었겠으며, 그런 게 무언지 묻는 사람 또한 있었을 성싶지 않다. 하지만 이 외딴 마을을 삼년 동안 걸어다녀도, 마음 속엔 여전히 한 생각이 남아 있을 것 같다. 어떻게 이런 마을이 다 있을 수 있을까 싶은 생각만은!

다만 목숨만을 부지하며 살아가는 민생을 애달프게 노래하고 있다. 주촌은 함경도 청진 아래쪽에 위치한 경성의 한 고을인데, 그 주촌 고을에서도 아주 외딴 곳에 자리잡은 마을의 모습을 노래한 듯하다. 지금으로 말하면 오지奧地인 셈이다. 이 마을은 어촌에게 매우 큰 충격을 준 듯하다. 전구轉句의 '천년토록 풍속이 무언지 묻는 사람 없는' 마을이란, 사회적 삶의 형식이나 내용 자체가 없는 마을이다. 따라서 역사적 시간이 정지해 있는 마을이다. 역사적 시간이 정지되어 있다고 하면 통상적으로 유토피아를 떠올릴 수 있다. 그러나 이 외딴 마을은 유토피아가 아니다. 결구結句의 '마음속에 남아 있는' 무엇은 남루하기 이를데 없는 최소한의 삶과 무관하지 않을 듯하다. 풍속이 없는 삶은 삶이 아니다. 풍속은 곧 삶의 다른 이름이기 때문이다.

온성 송정에서 안백시의 시에 차운하다

穩城松亭次安伯時韻

굽이굽이 오랑캐 강 큰 바다로 흘러드는데
하늘 끝에 와 있는 심사 성군의 덕 위함이네.
훗날 고향에 기쁜 낯빛으로 돌아가거든
이 땅의 산천이 자세하게 평가해주겠지.

百折蠻江入九溟　　天涯心事爲君明
백절만강입구명　　천애심사위군명
他年故國還青眼　　此地山川供細評
타년고국환청안　　차지산천공세평

蠻(만) 이민족을 낮잡아 이르는 말, 오랑캐. 天涯(천애) 변방, 변경. 青眼(청안) 좋은 마음으로 남을 보는 눈, 상대어는 백안白眼. 供(공) 이바지하다, 말하다, 공손하다.

훗날 고향에 돌아가면

눈앞에 펼쳐진 산과 들판과 바다, 변방의 땅은 넓기도 하다. 오랑캐 땅 강물은 굽이굽이 산과 들판을 지나 바다로 흘러 들어간다. 이렇듯 광막한 땅에 내가 왜 와 있는가, 스스로를 새삼 돌아본다. 분명하다. 임금의 밝으신 덕을 밝히기 위해서다. 이런 나의 심사를 언젠가는, 누군가는 알아주리라. 훗날 고향에 기쁜 낯으로 돌아가면, 다른 누구에 앞서 이 땅의 산천은 알아주리라. 걷고 살피고 돌보는 모습을 내내 지켜본, 이 땅의 산천만큼은 나를 속속들이 평가해주리라.

임금의 덕화를 실천에 옮기고 있는 자신의 충정을 노래하고 있다. 그런 만큼 인정받고 싶은 심사 또한 분명하다. 임금의 덕화란 우국애민의 정성이다. 그것이 곧 유가 사대부의 도리이자 이상이다. 문제는 임금의 덕화를 실천에 옮기는 방법은 참으로 다양한데, 하필이면 변방을 떠도는 외롭고 고난에 찬 여정이라는 데 있다. 아울러 이러한 자신을 언제 누가 제대로 알아줄까 싶은 불안감에 있다. 자신의 고행을 누군가에게 인정받지 못할 때, 사람은 좌절한다. 그리고 인정받을 가능성이 당장에 보이지 않을 때에는 스스로를 위안하는 수밖에 없다. 그런 면에서 이 작품은 자기위안의 성격이 짙다. 이러한 자기위안은 우리가 살아가면서 갖게 되는 생존 필수품이다.

육진에서 함께 노닐다

共遊六鎭

새것 알기를 옛것 아는 것과 같이 하니
온 세상에 한결같이 유학의 도 펼쳐졌네.
꿈속에서도 변방의 달과 함께하니
마음 또한 변방의 구름과 하나되네.
오랑캐 사람들 말소리 왁자지껄 들리는데
강토는 북녘 강을 경계로 나누어 다스리네.
오랫동안 오랑캐를 평정하는 계책을 세워
정녕코 성군의 은혜에 보답하려네.

新知如舊識　四海一斯文
신지여구식　사해일사문
魂夢俱邊月　肝膽共塞雲
혼몽구변월　간담공새운
聲音胡語鬧　疆理狄江分
성음호어료　강리적강분
久畫平戎策　丁寧報聖君
구화평융책　정녕보성군

六鎭(육진) 조선 세종 때 여진을 물리치고 개척한 여섯 지역의 진지. **斯文**(사문) 유학의 도. **肝膽**(간담) 간과 쓸개, 속마음을 비유적으로 이르는 말. **鬧**(료) 시끄럽다. **狄江**(적강) 오랑캐 땅의 강, 북녘 강.

정녕코 성군의 은혜에

새것 알기를 옛것을 탐구하고 익히는 데서 시작하여 점차 넓혀온 우리 유학의 도, 온 세상에 펼쳐져 덕화가 이루어지고 있구나. 성군의 덕화를 실천하기 위해 변방을 순행하는 몸, 꿈속에서도 변방의 달과 함께하고, 마음 또한 변방의 구름과 하나가 된다. 그렇게 유학의 도리를 실천에 옮기면서 직무에 충실하고자 한다. 우리같은 역사도 문화도 갖지 못한 북녘 오랑캐 사람들, 시끄럽게 떠드는 소리 바로 지척에서 들리건만, 다만 강 하나를 경계로 나뉘어 다스려지고 있다. 저들을 평정하는 계책, 예로부터 어떻게 이루어졌고 앞으로 어떻게 세워 나가야 할지를 마련하리라. 그리하여 우리 유학의 도와 성군의 덕화가 온 세상에 펼쳐지게 하여, 정녕코 성은에 보답하리라.

성군의 은혜로 대변되는 우국애민의 정성을 노래한 작품이다. 북방 이민족에 대한 멸시 감정과 함께, 그들을 평정함으로써 유학의 도와 임금의 덕화가 빛을 발하도록 하겠다는 포부를 호기 넘치게 읊고 있다. 그러자면 현재 자신이 놓여 있는 상황을 보다 적극적으로 수용할 필요가 있겠는데, 제목에 보이는 '함께 노닐다共遊'는 이러한 맥락의 소산으로 보인다. 즉, 그곳 변방의 '달'·'구름'과 꿈속에서도 마음으로도 하나가 되어 함께 노닒으로써, 자신의 의지를 '정녕코' 실현하겠다는 것이다. 직설적인 화법과 함께 자기다짐의 기운이 넘쳐난다.

문중과 이별하며 드리다

贈文仲令公爲別

풍토병에 붉어진 얼굴이 야위고
백성들 걱정에 흰머리만 늘어나네.
허물어진 성에는 호랑이가 절반을 차지하고
독한 전염병에 수많은 민가들 걱정되네.
검은 인끈을 찬 관리는 병 고칠 재주 없어
백성들 모두가 병자 패찰을 차게 생겼네.
해골을 덮느라 들판에 울음소리 가득하고
먹고 살기 괜찮은 마을조차 찾기 어렵네.

觸瘴朱顔減　憂民白髮加
촉장주안감　우민백발가
殘城分半虎　毒癘悶千家
잔성분반호　독려민천가
黑綬無仁術　蒼生盡札瘥
흑수무인술　창생진찰채
掩骸多野哭　擊壤少村歌
엄해다야곡　격양소촌가

瘴(장) 풍토병. **癘**(려) 전염병, 문둥병. **綬**(수) 수레 손잡이 줄, 인끈. **仁術**(인술) 어진 재주, 병 고치는 재주. **蒼生**(창생) 백성. **札**(찰) 패. **瘥**(채) 앓다, 병, 역질.

백성들 걱정에

이곳저곳 순행으로 풍토병에 노출되어 얼굴이 붉어지고 야위었다. 하지만 나보다는 백성들이 더 걱정이다. 이런저런 걱정에 흰머리가 부쩍 늘었다. 허물어진 성에는 호랑이가 득실대고, 독한 전염병에 수많은 민가가 앓고 있다. 그러나 병 고칠 재주가 없는 관리이고 보니, 방법을 찾기 어려워 속수무책 바라다보고만 있다. 이러다가는 백성들 모두가 병자가 되고 말 터다. 이미 많은 백성들이 죽었다. 들판에는 이들을 묻느라 울음소리가 끊이질 않는다. 먹고 살 형편도 큰일이다. 풍년 든 마을조차 찾기 어렵다. 어찌해야 할는지…….

전염병이 번져 피폐해진 고을 상황을 노래하고 있다. 동 제목으로 이루진 장편의 시 가운데 일부인데, 함경도 관찰사 소임 때의 경험을 노래한 대목이다. 의술이 널리 보급되어 있는 것도, 전염병 조처 체계가 갖추어져 있는 것도 아닌 상황에 봉착한 목민관의 참담한 심경이 매우 사실적으로 드러나 있다. 이후 어떤 결과에 이르렀는지 확인할 수는 없지만, 함련의 앞구가 말해주듯, 먹물만을 가까이하고 살아 온 문인 사대부로서의 한계를 뼈저리게 느끼지 않았을까 싶다.

의원(의관)은 당대 양반과 양인 사이에 위치한 중인 신분이었다. 그러나 근대 이후 이들에 대한 사회적 인식은 급변한다. 누구에게나 존중받고 귀한 존재로 부상한다. 당연하다. 우리 삶의 긴요한 국면에 결부된 가치인식이 달라진 것, 그것이 근대의 다른 이름인지도 모른다.

참판 소언겸이 전라도 관찰사로 가는 것을 전송하다

送蘇參判彦謙觀察全羅

사방이 모두 먹고 살기 어려운데
호남은 금년에 또 흉년이 들었네.
누가 애써서 어루만지고 돌보랴.
그 많은 고을에 어진 정사 드무네.
직분 지닌 관리는 천리 길을 달리고
군왕의 조서는 수행내용 받들게 하네.
봄 가을로 참혹한 일들이 벌어지니
비와 이슬에 바람 서리까지 겹치네.

四境皆艱食　湖南歲又荒
사경개간식　호남세우황
何人勞撫字　列郡少循良
하인로무자　열군소순량
玉節馳千里　鸞書捧十行
옥절치천리　난서봉십행
春秋舒慘手　雨露更風霜
춘추서참수　우로경풍상

字(자) 기르다, 사랑하다, 돌보다. **循良**(순량) 고을 수령의 어진 정사. **玉節**(옥절) 옥으로 만든 부절, 관직 받을 때의 증서. **鸞書**(난서) 임금의 조서. **十行**(십행) 열 줄의 글, 시행 내용. **舒**(서) 펴다, 벌어지다, 흩어지다. **慘手**(참수) 참혹한 손, 비참한 일.

흉년을 구제하소서

흉년으로 사방이 모두 먹고 살기 어렵네. 그런데 곡창지대인 호남은 올해 또 흉년이 들었다네. 정말 큰일이네. 누가 애써서 백성들을 어루만지고 돌보겠나. 그 많은 고을에 어진 정사 펴는 수령 드무나니. 관찰사 부절에 성상의 조서 받들고 호남으로 가는 그대, 부디 혼신의 힘 다해 흉년을 구제해 주시게나. 봄 가을로 참혹한 일들이 벌어져, 비 바람에 서리까지 겹친 형국이지만, 어떻게든 흉년을 구제해 민생이 안정되게 해 주시게나!

흉년 구제를 당부하고 있는 작품이다. 관리의 가장 중요한 직분 가운데 하나가 민생구휼임을 환기하면서, 더군다나 곡창지대인 호남이 거듭 흉년이 든 사태를 심각하게 우려하고 있다. 다른 모든 것에 우선해 민생이 안정되어야만 통치가 존속할 터인 까닭이다.

중세 신분제 사회에서의 민民은 실질적으로 농農을 의미한다. 그리고 당대 농업중심 경제기반 하에서의 농農은 모든 것의 근본이었다. 모든 계층이 먹고 살 수 있는 바탕이 이들로부터 나오기 때문이다. 따라서 '농자천하지대본農者天下之大本'이라는 말 속에는 본디 민본民本에 대한 인식의 측면만이 아닌 존중의 의미가 내포되어 있다. 그러나 역사적으로 수많은 왕조들이 민본을 국시國是로 표방했으나, 과연 그들 계층을 존중했는지는 의문이 아닐 수 없다. 신분제가 붕괴되고 경제기반이 달라짐에 따라, 전통시대의 민본을 민주民主로 바꾼 것이 오늘날이다.

꿈에 용안을 뵙다

夢見天顏

님을 이별한 신하 동녘 임영으로 낙향했으나
해바라기는 어느 때고 해를 향해 그리워하네.
한끼 밥술 뜰 때도 북녘 대궐 잊은 적 없어
꿈에서 뵌 천제의 모습 상기도 또렷하다네.

孤臣流落舊東瀛	**葵藿常懷向日誠**
고신류락구동영	규곽상회향일성
一飯未曾忘北闕	**夢中天表尙分明**
일반미증망북궐	몽중천표상분명

天顏(천안) 임금의 얼굴, 용안. **葵藿**(규곽) 해바라기와 콩잎, 해바라기꽃이 해를 향해 기욺, 임금 또는 웃어른에게 충성하고 공경함. **天表**(천표) 임금의 모습.

간절한 연군의 정

임금 곁을 떠나 동해바닷가 강릉으로 낙향한 처지가 되었다. 그러나 몸은 비록 떨어져 있을망정 마음은 언제 어느 때고 님에게 가 있다. 해바라기가 해를 향해 기울듯! 하여 한끼 밥술을 뜰 때마저도 북녘 대궐에 계신 님을 잊은 적이 없다. 이렇듯 간절히 그리워하는 정성을 하늘이 살피셨는지, 꿈에 용안을 뵈었다. 그 모습, 아직도 눈앞에 또렷하다. 님은 언제쯤 나를 찾으실는지…….

간절한 연군의 정을 노래한 작품이다. 명예롭지 못한 낙향의 처지일망정 군주에 대한 그리운 정성 만큼은 항상 가슴 깊이 간직하고 있다는 자기표백이다. 아니, 명예롭지 못한 낙향의 처지기에 오히려 연모의 정이 더욱 간절하다. 해바라기의 비유는 물론이려니와, 한끼 밥을 먹을 때조차도 마음은 님에게 가 있다고 했다. 이보다 더한 절대적 사랑이 있을까 싶다. 그러나 이것이 바로 유가 사대부다. 그들의 이념이자 이상의 정점에 위치한 군주를 존숭尊崇하지 않고서는 존립하기 어려운 사회체제가 왕정王政이기 때문이다. 그리하여 이렇듯 간절한 연모의 정, 절대적 사랑의 한 표상으로서 꿈이 등장한다. 이때의 꿈은 그리움의 결정체結晶體면서 막연한 기대감의 표출이다.

어떤 기대감마저도 상실할 때 사람은 절망한다. 그래서 꿈 꾸는 동안은 그래도 살 만하다는 말이 있는 건지도 모른다. 잠을 잘 수 없을 만큼 한계상황에 이르렀을 땐 꿈조차 꿀 수 없을 터기 때문이다.

정월 초하루 첩문

元日帖門

바닷모퉁이에도 시절은 왔다가 흐르나니
겨울나무 불씨 또한 바뀌어 가네.
봄에는 그늘진 골짜기도 따뜻해지고
햇살은 어두웠던 곳을 환하게 비추네.
도가 펴지니 근심도 오히려 태평해지고
시절을 따라 시들었던 초목도 꽃피우겠네.
외로운 신하 남다른 처우에 감격하리니
불모의 땅에서 새싹 자라남에 감사하리라.

海曲年華轉　　槐檀火又更
해곡년화전　　괴단화우경
春從陰谷暖　　日向覆盆明
춘종음곡난　　일향복분명
道在憂猶泰　　時來瘁亦榮
도재우유태　　시래췌역영
孤臣感殊遇　　無地謝生成
고신감수우　　무지사생성

元日(원일) 정월 초하루. **帖**(첩) 표제, 기둥이나 바람벽에 써 붙이는 글귀. **海曲**(해곡) 섬, 바다의 모퉁이. **槐檀**(괴단) 홰나무와 박달나무, 계절에 따라 연료로 사용하는 나무로서 겨울의 나무. **覆盆**(복분) 동이를 엎어놓음, 어두운 곳.

봄이 오는 길목에서

낙향해 깃들어 사는 곳, 동녘 바닷가에도 계절은 어김없이 찾아온다. 겨울 땔나무 불씨 또한 봄 땔나무로 바뀌어 간다. 봄이 오고 있다. 봄이 오면, 그늘진 골짜기에도 훈훈한 바람이 불고, 햇살은 어두웠던 곳을 환하게 비춘다. 성군의 덕화 또한 새롭게 펴져, 근심이 오히려 태평으로 바뀌리라. 시절을 따라 시들었던 초목이 꽃을 피우듯! 님을 이별한 신하, 남다른 처우에 감격하리라. 겨울 불모의 땅에서 봄새싹 자라나듯, 새롭게 내리시는 은혜에 감사하리라.

봄이 오는 길목에서 새로운 희망을 노래하고 있다. 그 희망은 겨울의 주검이 물러가고 봄의 생명이 대지에 지펴지듯, 임금의 덕화가 새롭게 펴져 다시금 부름을 받는 것이다. 그런 기원을 담아 정월 초하룻날 문에 첩帖을 붙이는 심사는, 새해를 새로운 희망과 더불어 시작하고 싶은 열망의 표출이다. 간절한 그리움이 꿈을 꾸게 하듯, 희망은 새로운 정서를 잉태하게 한다. 봄은 마법처럼 새로운 정서를 잉태하게 한다. 정서는 마음 속의 현실이다.

스스로 비웃다

自笑

솔바람 학 울음소리 고즈넉이 들려오는데
푸른 등잔불 마주하고 한밤중에 앉아 있네.
근력은 쇠하여 세상에 이바지하기 어렵지만
간장은 남아 있어 임금 하마 잊지 못하네.
안위는 예로부터 조정 처사에 달려 있으나
근심 기쁨은 시절을 따라 해운정에 이른다네.
쓰일 곳 없는 이 신세를 스스로 비웃지만
십년을 나라 경영에 온갖 정성 다했다네.

松風鶴唳靜中聞　　獨對靑燈坐夜分
송풍학려정중문　　독대청등좌야분
筋力已衰難供世　　肝腸猶在不忘君
근력이쇠난공세　　간장유재불망군
安危自古關朝政　　憂喜隨時到海雲
안위자고관조정　　우희수시도해운
自笑此身無適用　　十年經國浪辛勤
자소차신무적용　　십년경국랑신근

肝腸(간장) 간과 쓸개, 마음. **朝政**(조정) 조정**朝廷**의 정치·처사. **適用**(적용) 적절한 쓰임, 알맞게 쓰임. **辛勤**(신근) 힘든 일을 맡아 애쓰며 부지런히 일함.

쓰일 곳 없는 신세지만

차가운 등잔불을 마주하고 한밤중에 홀로 앉아 있다. 문밖으로 솔바람소리, 학 울음소리가 고즈넉이 들려온다. 새삼 스스로를 돌아보니, 근력은 이미 쇠하여 세상에 이바지하기란 어려울 듯싶다. 그러나 마음 만큼은 여전하여 임금을 하마 잊지 못한다. 곁에서 모시며 뜻을 받들고 펴던 그 시절이 그립다. 하지만 예로부터 벼슬살이의 안위란 조정의 처사에 달려 있는 법. 일개 서생의 힘으로는 어찌할 수 없는 일이 어디 한둘인가. 다만 근심과 기쁨은 시절에 따라 풍광을 달리하는 이곳 해운정에 이르러 맛본다. 쓰일 곳 없는 지금의 신세가 처량하다. 그래서 스스로 비웃는다. 하지만 벼슬길에 나아가 뜻을 펴던 그 오랜 기간, 나라 경영에 온갖 정성을 다했다. 그것 만큼은 자부심을 갖는다.

낙향의 처지를 씁쓸하게 돌아보며 탄식하고 있다. 탄식 너머에서 스스로를 비웃는 자조自嘲상태에 이르기도 한다. 그러나 그것으로 그것만은 아니다. 씁쓸한 웃음의 속성이 그러하듯, 복합적 감정상태에 놓여 있다. 지난 날과 견준 지금의 처지가 씁쓰레한 웃음을 낳게 하는 것이지, 자신의 삶 모두를 송두리째 비웃는 것은 아니기 때문이다. 낙향의 처지에 놓이기 전 오랜 기간 우국애민의 정성을 다한 자부심을 노래하는 것으로 작품을 마무리짓고 있는 것이 그 단면이다. '웃는 게 웃는 게 아니다.'라는 말을 불쑥 떠올리게 하는 작품이다.

운계사에서 두견새 울음을 듣다

雲溪寺聞杜鵑

삼 개월 섬길 임금 없어 이 몸을 조문하니
두견새 울음소리에 다시 슬픔 견디기 어렵네.
산중에서도 신하의 의리 폐하지 않나니
서천에 두 번 절하던 사람을 따라한다네.

三月無君弔此身　　杜鵑聲裏更悲辛
삼월무군조차신　　두견성리경비신
山中不廢爲臣義　　準擬西川再拜人
산중불폐위신의　　준의서천재배인

準擬(준의) 견주어 흉내 냄. **西川再拜人**(서천재배인) 서천은 촉나라 망제望帝, 재배인은 망제에게 신하의 예를 갖춤을 의미.

사모의 정성

섬길 임금 없이 삼 개월을 지내면 조문한다는 말이 있다. 지금의 내 처지가 그러해 나 스스로에게 조문한다. 한 맺혀 죽은 망제望帝의 혼이라는 두견새, 그 울음소리에 님을 여읜 슬픔을 다시 견디기 어렵다. 이곳 운계사 산중에 와 있다고 신하의 도리를 폐할 수는 없는 일, 망제에게 신하의 예를 갖춘 사람을 따라, 나 또한 우리 임금께 두 번 절하며 신하의 예를 갖춘다.

연군의 간절한 정성을 노래하고 있다. '두견새 울음'으로 표상된 충정衷情과 '두 번 절하는' 모습에 투영된 사대부의 체질화된 의식으로부터, 사모의 정성이 극에 달한 정서의 단면을 실감할 수 있다. 교산 허균은 『학산초담』에서 "작품의 뜻이 너무도 서글프니, 모두 충심에서 우러나온 것으로, 임금을 사모하는 정성이 말 밖에 넘쳐난다. 저 아로새겨 꾸미기나 하는 자는 정말 싫증난다."라고 하였다. 어촌의 진정성을 높이 평가한 것이라고 할 수 있다.

기구起句는 『맹자』 「등문공하滕文公下」에 나오는 "옛사람은 삼 개월 동안 섬길 군주가 없으면 위문했다. 古之人三月無君則弔"에 연원을 두고 있다. 결구의 '서천에 두 번 절하던 사람'은 촉나라 망제의 혼인 두견새가 서천에 사는바, 망제에게 신하의 예를 갖추는 행위를 의미한다.

제4부
시대 체험과 인연을 노래한 시

삼월 삼짇날 외삼촌과 간소한 술자리를 갖다

三月三日與舅氏小酌

땅에 떨어지되 좋은 시절을 갖추었으니
꽃들 피어나는 봄 삼짇날에 태어났어요.
풍광으로는 한식날이 놀랍고
천기로는 청명절이 기껍습니다.
춥고 더운 것에서 공평한 도리를 알게 되었고
궁하고 통하는 것에서 사물의 정황을 보았지요.
위수 북쪽 감흥이 이는 곳에서
함께 술잔 기울이길 원했습니다.

墮地具佳節　芳春此日生
타지구가절　방춘차일생
風光驚熟食　天氣喜淸明
풍광경숙식　천기희청명
寒暑知公道　窮通見物情
한서지공도　궁통견물정
渭陽興感處　樽酒幸同傾
위양흥감처　준주행동경

熟食(숙식) 익혀 먹음, 익힌 음식. 한식**寒食**날을 자신은 익힌 음식을 먹는다는 의미로 이렇게 표현함. **公道**(공도) 공평한 도리, 떳떳하고 당연한 이치. **渭陽**(위양) 위수 북쪽, 외삼촌의 다른 명칭. 양**陽**은 강에서는 북쪽, 산에서는 남쪽.

어느 생일날의 소회

이 땅에 태어나되, 좋은 시절에 맞추어 태어났어요. 녹음방초 피어나는 삼월이라 삼짇날, 바로 이날에 태어났지요. 멋진 풍광으로는 봄이 무르익는 한식날이 놀랍고요, 날씨 좋기로는 농사 본격 시작되는 청명절이 기꺼웠어요. 한식이나 청명이나 나란히 붙어 있기는 하지만요. 춥고 더운 것에서 자연의 공평한 도리를 알게 되었고, 궁하고 통하는 것에서 사물의 정황을 보았습니다. 외삼촌과 뜻이 통해 날이 잡히는 날, 오늘처럼 함께 술잔 기울이길 원했습니다.

생일날 외삼촌과 함께하는 술자리의 소회를 경쾌하게 노래하고 있다. 꽃 피는 봄에 태어나, 자라면서 경험한 자연의 운행과 세상의 물정에 대해, 짤막한 어구들을 통해 보고하듯이 전개해 나가고 있다. 전개 과정이 화자 스스로에게도 또 읽는이에게도 묘한 흥겨움을 불러 일으킨다. 그리고 끄트머리 대목에 이르러서는 외삼촌에 대한 정겨운 감정을 에둘러 표현함으로써, 작품을 통해 환기된 흥겨움을 정다움으로 확장시키고 있다.

한식을 자신은 찬 음식이 아닌 익힌 음식을 먹는다는 듯 '熟食(숙식)'으로 표현한 데서, 나아가 '渭陽(위양)'을 통해서는 글자 그대로의 뜻인 '위수 북쪽'만이 아닌 '외삼촌'의 별칭으로 사용한 데서, 표현의 묘미와 재치를 실감할 수 있다. 여기에 옮겨놓은 부분은 작품 전체가 아니라 앞쪽 절반인데, 어촌시 가운데 다소 예외적인 성향의 작품이라 할 수 있다.

단오날 감회

端午日有感

아름다운 계절 깊어가는 오월에
하늘 끝 떠돌며 눈물 줄줄 흘리네.
선영에는 오늘 향불 올렸을 터인데
산비가 부슬부슬 지전을 적시겠네.

佳節侵尋五月天　　天涯羈旅涕潸然
가절침심오월천　　천애기려체산연
先塋此日陳香火　　山雨霏霏濕紙錢
선영차일진향화　　산우비비습지전

侵尋(침심) 점점 앞으로 나아감, 점차로 넓어짐. **潸**(산) 눈물 흐르다, 눈물 흐르는 모양. **霏霏**(비비) 부슬부슬 가늘게 내리는 비나 눈의 모양. **紙錢**(지전) 돈 모양으로 오린 종이, 치성 드리고 소원 빌며 올리는 소지燒紙.

단오날 차례를 떠올리며

아름다운 계절 깊어가는 오월에, 변방을 떠돌며 서글픔에 복받쳐 눈물 줄줄 흘린다. 오늘은 오월 하고도 단오날, 선영에 차례지내며 향불 올렸을 터다. 이맘때면 으레 비가 내렸으니, 오늘도 산비가 부슬부슬 지전을 적시겠다. 나도 그곳에 함께 있었으면 좋으련만…….

단오날을 맞아 변방을 떠도는 서글픔을 노래하고 있다. 단오날이면 선영에 향불 올리며 차례지냈던 기억을 떠올리며 시름에 젖는다. 그 시름이 얼마나 겨우면 '눈물 줄줄 흘린다'고 했을지 넉넉히 헤아릴 수 있다. 단오 즈음이면 으레 비가 내렸던 기억도 떠오른다. 그렇다면 지금쯤 치성 드리고 소원 빌며 올리는 소지燒紙를 산비가 부슬부슬 적시겠다. 애절함이 점점이 배어난다.

짧은 절구 형식 속에 지난날의 기억들을 마치 눈앞에 펼쳐놓듯 선명하게 형상하고 있다. '선영-향불-산비-지전'의 연계가 빚어내는 이미지의 강렬함, 그리고 이러한 이미지로부터 환기되는 아련한 정서가 화자의 현재 처지를 복받치게 하기 때문일 터다. 유가 사대부 시가에 두드러진 전통적 미의식 가운데 하나는 '슬픔을 노래하되 상심하는 데까지는 이르지 않는 哀而不傷' 것이다. 이 작품은 상심 가까이에 가 있지 않은가 생각된다.

단오날 아이광대가 그네뛰는 놀이를 보고

端午日見倡兒鞦韆戲

아리따운 아가씨들 춤추듯 그네를 타니
수많은 여인네들 나뭇가로 모여드네.
비취빛 비녀는 살구꽃 적시는 비에 촉촉하고
석류빛 치마는 버들 속 연기처럼 나부끼네.
구름 속에서 서왕모가 잠깐 내려온 듯하고
하늘 끝에서 사자연이 돌아 날아온 듯하네.
해마다 단오날이면 이 놀이를 하나니
천년의 풍속이 지금까지 전해진다네.

越娥巴女舞鞦韆	多少丫鬟簇樹邊
월아파녀무추천	다소아환족수변
翡翠釵濕紅杏雨	榴花裙嚲綠楊煙
비취채습홍행우	유화군타록양연
雲間乍下西王母	天際還飛謝自然
운간사하서왕모	천제환비사자연
每歲端陽爲此戲	千年遺俗至今傳
매세단양위차희	천년유속지금전

越娥巴女(월아파녀) 월아는 월 땅의 아가씨, 파녀는 파 땅의 아가씨, 모두 미녀를 의미함. **鞦韆**(추천) 그네. **丫鬟**(아환) 가닥과 쪽, 부녀자. **簇**(족) 모이다. **嚲**(타) 늘어지다. **乍**(사) 잠깐, 갑자기. **西王母**(서왕모) 중국 신화 속 신녀의 이름. **謝自然**(사자연) 중국 당나라 때 여도사女道士로 신선이 되었다고 함.

단오날 그네뛰기

아리따운 아가씨들이 춤추듯 그네를 탄다. 그넷줄을 맨 나무 주위로 곱게 단장한 수많은 여인네들이 모여든다. 하늘 높이 차오르는 멋진 모습을 넋을 잃고 바라보기도 하고, 차례를 기다리기도 한다. 봄을 축복하듯 가랑비가 내린다. 비취빛 비녀가 살구꽃 적시는 비에 촉촉해진다. 석류빛 치마는 버드나무에 낀 연기처럼 나부낀다. 그네뛰는 그 모습, 마치 구름 속에서 신녀가 잠깐 내려온 듯하고, 하늘 끝에서 여도사가 날아드는 듯하다. 아름답고도 경쾌하다. 해마다 단오날이면 벌어지는 그네뛰기, 천년의 풍속이 지금까지 전해 내려온 것이다.

단오날 그네뛰는 모습을 노래한 작품이다. 버드나무에 매단 그네줄에 다홍치마 푸른 저고리를 입고 그네를 뛰는 자태를 눈에 선하게 떠올리게 한다. '비취빛 비녀'와 '석류빛 치마'의 색조감이 돋보인다. 댕기머리만이 아닌 비취빛 비녀가 등장하는 데서, 아가씨들만이 아닌 부녀자들도 두루 참여했음을 알 수 있다.

허공을 내달으며 나아갔다가, 그 반동력으로 되돌아 올라 발밑을 내려다 볼 때의 그 짜릿하고 가슴 철렁한 경험은, 그네를 뛰어본 사람만이 느낄 수 있는 강렬하고도 격정적인 유희다. 진자운동이 지닌 한계, 그러나 그 한계가 또한 안정감을 주기도 하는 참으로 묘한 유희가 바로 그네뛰기다. 단오 그네뛰기가 천년을 이어져 내려온 풍속이라고 한 데서, 전국 단오제의 압권인 「강릉단오제」의 역사가 천년의 유산임을 새삼 실증할 수 있다.

속 칠석가

續七夕歌

뜨락 오동나무 밤으로 가을을 알리는데
푸른 하늘 해맑고 은하수 선명하도다.
오작교 이루고 아름다운 기약 서두르니
밤하늘 총총해라 견우 직녀의 정이여!
서로 그리다 일 년에 한 번 만나는데
만남도 잠깐 곧바로 동서로 돌아가네.
새벽비로 직녀가 우는 것 알 수 있으니
구름 수놓은 저고리가 반이나 젖었겠네.
절절히 서린 근심 위로가 될 만하기에
내년 오늘밤을 그래도 기다리게 된다네.

庭梎入夜貢秋聲　　碧天澹澹銀河明
정오입야공추성　　벽천담담은하명
鵲橋成了佳期早　　一霄悤悤牛女情
작교성료가기조　　일소총총우녀정
相思一年一相逢　　相逢未幾還西東
상사일년일상봉　　상봉미기환서동
曉雨知得天孫泣　　雲錦衣裳一半濕
효우지득천손읍　　운금의상일반습
脈脈幽悁庶足慰　　明年此夜猶可俟
맥맥유연서족위　　명년차야유가사

天孫(천손) 직녀성. 雲錦(운금) 아침 놀, 구름을 수놓은 비단. 悁(연) 근심.

일 년에 한 번이라도

뜨락 오동나무가 밤으로 가을을 알린다. 밤하늘 해맑고 은하수가 유난히도 선명하다. 오늘은 칠석날, 오작교 이루고 아름다운 기약 서두르니, 밤하늘 별빛도 또렷해라 견우 직녀의 정이여! 서로 그리워하다 일 년에 한 번 만나는데, 만남도 잠깐 곧바로 은하의 동쪽과 서쪽으로 돌아간다. 새벽비가 내린다. 직녀가 우는 것을 알 수 있으니, 구름 수놓은 치마 저고리가 반이나 젖었겠다. 일 년 내내 근심어린 가슴을 안고 살지만, 그래도 한 번 만날 수 있어 위로가 되기에, 내년 오늘밤을 오히려 기다리게 되는, 아름다운 사랑의 칠석날이여!

견우와 직녀가 만나는 칠석의 세시풍속을 노래하고 있다. 동 제목으로 이루어진 시의 앞부분이다. 칠석에 얽힌 애틋한 사랑의 이야기는 오래도록 우리의 심금을 울려 왔다. 그러나 전통시대 사대부 남성에 의해 이러한 사랑 이야기가 시화詩化된 예는 흔치 않다.

일 년에 단 한 번의 만남. 그 만남은 참으로 각별할 터다. 특히 간절한 그리움을 안고 사는 이들에게는 '칠석'이라는 단어 자체가 강렬한 감정의 회오리를 일으킬 듯하다. 견우 직녀도 일 년에 한 차례라도 만나는데, 자신은 그러하지조차 못하는 상황일 때는 더욱 그러할 터다. 다달이 행해지는 우리의 세시풍속 가운데에는 정월 대보름이나 팔월 한가위처럼 풍요와 즐거움이 넘쳐나는 의례가 있는가 하면, 이렇듯 칠석처럼 애절한 감정을 선사하는 의례도 있다. 사람살이의 다채로운 모습을 새삼 반추할 수 있다.

중양 후 하루

重陽後一日

달려가는 세월 사람을 흔드니 어찌 술잔 늦추랴.
좋은 시절은 쉬 지나가니 애석하구나 중양절이여.
강바람 불어오니 갈대꽃이 눈처럼 흩날리고
산비가 서리를 재촉하니 밤나무잎 누렇게 물드네.
날 저무는 마을엔 방아찧는 소리 들리고
밤 깊어지자 등불 들고 어량 통발 살피네.
은거생활 최고의 맛은 한적함이러니
마음 돌려 벼슬길엔 다시 나아가지 않으리.

急景撩人敢緩觴	良辰易過惜重陽
급경료인감완상	양진역과석중양
江風吹雪蘆花白	山雨催霜栗葉黃
강풍취설로화백	산우최상률엽황
日暮村舂聞相杵	夜深篝火見漁梁
일모촌용문상저	야심구화견어량
幽居一味眞閒適	莫遣歸心入帝鄕
유거일미진한적	막견귀심입제향

急景(급경) 빠르게 흐르는 세월. **撩**(료) 다스리다, 돋우다, 놀리다, 어지럽다. **篝火**(구화) 대나무 덮개로 씌운 등불. **漁梁**(어량) 물고기를 잡는 장치, 물살을 가로막고 물길을 한 군데로만 터놓은 다음 거기에 통발이나 살을 놓음. **帝鄕**(제향) 임금이 계신 서울.

좋은 시절은 쉬 지나가니

중양절이 지났다. 빨리도 흐르는 세월, 사람을 요동시키니 어찌 술잔 늦추겠는가. 좋은 시절은 쉬 지나간다. 애석하게도 벌써 중양절이 지나가다니! 강바람이 불어와 갈대꽃이 눈처럼 흩날린다. 산비가 내리면서 서리를 재촉한다. 밤나무잎은 누렇게 물들어간다. 그렇게 가을이 깊어간다. 시절은 무정하게도 사람을 기다려주지 않는다. 어느 사이 날이 저문다. 마을에서는 저녁을 짓는 방앗소리가 들린다. 밤이 깊어지자 대나무 덮개 씌운 등불을 들고 어량에 놓은 통발을 살피러 나간다. 한가로운 전원의 풍정들, 은거해 사는 최고의 맛이 여기에 있다. 그러니 어찌 새삼 거친 세파에 몸을 맡기겠는가. 마음 돌려 벼슬길엔 다시 나아가지 않으리라.

중양절 지난 전원의 풍정과 한적한 은거생활을 노래하고 있다. 중양절은 한 해의 수확을 기뻐하면서 햇곡식으로 제사를 지내는 명절이다. 덧없이 흐르는 세월에 대한 탄식이 없는 것은 아니지만, 그보다는 전원에 깃들어 살면서 누리는 흥취에 보다 마음이 기울어져 있다. '갈대꽃-밤나무잎-방앗소리-어량 통발'은 전원생활의 흥취를 돋우는 풍정들이다. 이렇듯 소박하고 정겨운 풍정들 속에서 화평한 마음과 더불어 삶의 또다른 의미를 찾는 것이다. 그래서 다짐한다. 다시 거친 세파가 몰아치는 벼슬길에 나아가지 않겠노라고. 길지 않은 인생, 기다려주지 않는 세월, 좋은 시절은 쉬 지나가기에!

호조 낭관의 계족에 쓰다

題戶曹郞官契簇

총총한 별처럼 낭관님네 모였나니
호조는 옛날의 민조요 탁지라네.
재물을 다스림은 전매로서가 아니고
공평하게 부과함은 공사를 위함이네.
담소를 나누며 문서를 재량하고
마음을 터놓고 술잔을 마주한다네.
훗날 그림이 계회를 기념하듯
이 노래 각궁시 되었으면 한다네.

列宿郞官會　　民曹古度支
열숙랑관회　　민조고탁지
理財非管榷　　平賦爲公私
이재비관각　　평부위공사
談笑裁文簿　　肝腸對酒巵
담소재문부　　간장대주치
他年看繪畫　　準擬角弓詩
타년간회화　　준의각궁시

契簇(계족) 계모임 족자. **管榷**(관각) 전매**專賣**. **角弓詩**(각궁시) 전날의 일을 잊지 않고 기념한다는 의미.

계회를 기념하며

호조 낭관의 계모임, 총총한 별처럼 낭관들이 모였다. 재무 담당 호조는 옛적에 민조라고도 탁지라고도 했다. 재물은 나라에서 전매하는 것이 아니며, 공사를 가려서 공평하게 세금을 부과한다. 오늘의 이 모임, 담소를 나누며 문서를 재량하고, 마음을 터놓고 술잔을 주고받는다. 훗날 계회 그림이 오늘을 기념하듯, 이 시가 각궁시 되어 오늘을 기념했으면!

계회契會를 기념한 작품이다. 계회란 본래 친목을 도모하기 위한 모임이다. 그렇기에 술과 음식을 갖춘 연회의 형식을 띠는 경우가 많다. 수련에서는 모임의 주인공과 호조의 역사를 밝혔다. 함련에서는 재물관리와 세금부과로 집약되는 호조의 주요 업무를 말했다. 이어 경련에서는 계회의 성격과 분위기를 노래했다. 그리고 미련에서는 각궁시角弓詩 고사를 끌어와, 자신의 시가 훗날 오늘의 모임을 기념하는 역할을 하기를 기대하며 작품을 마무리하고 있다. '각궁시'는 『시경』 소아小雅 「각궁편」 및 『좌전左傳』의 일화에 연원을 둔 것으로서, 전날의 일을 잊지 않고 되새기는 일종의 기념비적인 시를 의미한다.

16세기 초엽 관인 사대부 계회 풍속도의 일면을 엿볼 수 있다. 자신의 시가 '각궁시'이기를 바란다는 데서 어촌의 은근한 자부심을 느낄 수 있다. 비교적 이른 시기에 지어진 『어촌집』 권1에 수록되어 있는데, 득의에 찬 시절의 작품이다.

정운경 시에 차운하다

次鄭雲卿韻

비방은 앉아 글 짓는 데서 유래하고
쇠퇴한 풍속 교화는 혀만 분분하도다.
물정 펴지고 막힘이 시절 따라 변하나니
세상살이 애환은 일을 당할 때마다 나뉘네.
공업은 스스로 주나라 열 명신을 기약하고
풍채는 오히려 한나라 세 군자를 사모했네.
조용히 천도를 살피니 항상 열렸다 닫혔다
창밖으로 아침 햇살에 다시 저녁 노을이로다.

招謗由來坐綴文　任教衰俗舌空紛
조방유래좌철문　임교쇠속설공분
物情舒慘隨時變　世路悲懽觸事分
물정서참수시변　세로비환촉사분
功業自期周十亂　風標猶慕漢三君
공업자기주십란　풍표유모한삼군
冥觀天道常開闔　窓外朝暉又夕曛
명관천도상개합　창외조휘우석훈

周十亂(주십란) 주나라 무왕의 열 신하, 명신名臣. 여기에서 **亂**(난)은 **治**(치)의 개념. **漢三君**(한삼군) 한나라 사람들에게 존경받았던 세 인물. 여기에서 **君**(군)은 한 시대의 으뜸[宗]을 의미.

세상물정 펴지고 막힘은

비방은 이러니저러니 서로가 따지는 글로부터 비롯된다. 쇠퇴한 풍속 교화에는 이러쿵저러쿵 공연히 말만을 앞세울뿐 실질이란 찾기 어렵다. 세상물정 펴지고 막힘이 시절 따라 변하나니, 세상살이 애환은 일을 당할 때마다 나뉘어진다. 신실하고 한결같은 게 있기나 할지 의심스럽다. 벼슬길에 나서면서 나대로 주나라 열 명신처럼 될 것을 기약했다. 풍모와 체신은 한나라 세 군자를 본받아 그처럼 갖추리라 다짐했다. 그러나 시절에 따라 바뀌고 변하는 게 세상물정, 뜻대로 이루어지지 않는 게 세상살이. 조용히 세상 돌아가는 이치를 살펴보니, 열렸다가 닫히고 닫혔다가 열리는, 펴짐과 막힘의 교체반복. 눈부신 햇살의 아침이었다가 노을진 저녁으로 하루가 이울고 반복되듯!

한결같지 않은 세상물정 신실하지 않은 세상살이를 노래하고 있다. 동 제목의 칠언율시 12수 가운데 한 수다. 그때그때의 상황과 여건에 따라 펴지고 막히는 인생행로처럼, 세상물정도 세태도 한결같지 않음을 가벼운 탄식에 실어 읊조리고 있다. 경련의 기약과 다짐에서 유추할 수 있듯, 애초의 포부가 뜻대로 펴지지 않았기에 이렇게 노래했다고 할 수 있다. '뜻대로'의 기준이나 범주는 사람에 따라 물론 다를 터다. 사람은 가장 간절할 때 집중력이 높아지고 냉철해진다고 한다. 어촌의 집중력과 냉철함이 이 작품의 미련에 반영되어 있다고 한다면, 어촌의 심사는 체념과 달관 사이의 어딘가쯤에 놓여 있지 않은가 생각된다.

두보시의 운을 나눠 짓고 민기수에게 부치다·1

偶吟杜詩廷爭輸造化撲直乞江湖之句分韻爲短篇寄閔耆叟

해는 낮 달은 밤이 자명하거늘
제비와 박쥐 어지럽게 싸우네.
다투는 이치라는 게 무엇인가.
왜 그런지는 천상 조화신께 물을 일을.
밝고 어두움에 따라 좋고 싫음이 다르니
어질고 간사한 마음 여기서 볼 수가 있네.
원컨대 하늘은 음의 어두움을 적게 하시어
양의 밝음을 이기지 못하게 하여 주소서.

日月自晝夜　燕蝠紛相爭
일월자주야　연복분상쟁
爭之理則那　那則問黔嬴
쟁지리즉나　나즉문금영
昏明異好惡　可見賢邪情
혼명이호악　가견현사정
願天少陰黑　毋使勝陽明
원천소음흑　무사승양명

蝠(복) 박쥐. **黔嬴**(금영) 천상 조화신**造化神**의 이름.

시비를 똑바로 분별할지니

해는 낮에 달은 밤에 뜨는 것이 자연의 섭리다. 그런데도 제비와 박쥐는 어지럽게 싸운다. 다투는 이치라는 게 무엇인가? 해와 달이 왜 그런지는 천상 조화신께 물을 일인 것을! 제비는 해가 뜨는 때를 아침, 해가 진 때를 저녁으로 알고, 박쥐는 해가 진 때를 아침, 해가 뜨는 때를 저녁으로 안다. 밝고 어두움에 따라 좋고 싫음이 다르니, 어질고 간사한 마음을 여기에서 볼 수가 있다. 원컨대 하늘은 어두움이 밝음을 이기지 못하도록 해 주시어, 그릇됨이 옳음을 이기지 못하게 해 주소서!

시비를 똑바로 분별해야 함을 노래하고 있다. 원 제목은 길지만 이를 축약해 제시했는데, 동 제목의 오언율시 10수 가운데 한 수다. 자신의 입장이나 선호에 따라 대상을 분별하는 기준이 다를 수 있지만, 그렇다고 해서 본디의 옳고 그름까지를 뒤바꿀 수는 없다는 것이다. 세상에는 자신의 이해관계에 따라 가치 기준이나 판단 준거를 내세우는 이들이 적지 않은데, 여기에서 어질고 간사한 마음을 알 수 있다고 했다. 무엇이 옳고 무엇이 그른가, 그리하여 누가 어진 이고 누가 간사한 이인가, 시비를 똑바로 분별할 수 있어야 세상은 섭리가 구현된 모습을 갖게 된다.

정치의 양태를 두고 이렇게 말한 것으로 보인다. 시대는 바뀌었지만 오늘날 정치의 양태 또한 이와 다르지 않다. 그릇됨이 옳음을 이기지 못하게 해 달라는 어촌의 말이 예사롭게 들리지 않는다.

두보시의 운을 나눠 짓고 민기수에게 부치다·2

偶吟杜詩廷爭輸造化撲直乞江湖之句分韻爲短篇寄閔耆叟

흐린 세상 점점 경박하고 그릇되어
태고적 질박함으로 되돌리기 어렵네.
언어는 모두가 함정을 파니
백에 하나도 정성스러움 없네.
내 마음엔 피차의 경계가 없고
내 도에는 쏠림과 외면 없다네.
세상 사람 모두가 친구러니
그대에게 의지해 부탁하노라.

濁世漸澆訛　難回古太撲
탁세점요와　난회고태박
語言摠機穽　百無一誠慤
어언총기정　백무일성각
吾心無町畦　吾道無適莫
오심무정휴　오도무적막
四海一知己　憑君有所托
사해일지기　빙군유소탁

澆訛(요와) 경박하고 그릇되다. **慤**(각) 성실하다. **町畦**(정휴) 밭두둑, 경계. **適莫**(적막) 두터움과 엷음, 적극과 소극, 가와 불가, 마음 기울임과 기울이지 않음.

신실한 마음

세상이 혼탁해져 점점 경박하고 그릇되어 간다. 어진 품성 순후한 인심을 어디에서 찾을 수 있을는지. 이제 태고적 질박함으로 되돌아가기란 불가능하지 않은가 싶다. 말에는 신의가 없고 오히려 함정을 파기 일쑤다. 그러니 백에 하나도 정성스러움을 찾기 어렵다. 내 마음에는 너는 너고 나는 나라는 경계가 없다. 내가 추구하는 도에는 어떤 이에게 전적으로 마음을 기울이는 일과 기울이지 않는 일의 차별이 없다. 세상 사람 모두가 친구 아니겠는가. 그래서 그대에게 의지해 나를 부탁하노라.

신실한 마음을 가진 이를 찾기 어려운 세태를 노래하고 있다. 얄팍해지고 그릇되이 속이는 일이 많아 질박한 인심을 찾기 어려운 것이 혼탁한 세상의 가장 일반적인 모습이다. 말에 함정을 파서 옭아매고 어디에서고 정성스러움 찾기 어려운 것이 이러한 세태가 낳은 세부 단면이다. 어촌은 이러한 세태에 대한 개선방안 또한 제시한다. 경련에서 말하는 피차의 경계를 허물고 사안의 차별을 없애는 것이 그것이다. 오늘날 용어로 말하면 소통疏通이다. 소통이야말로 이와 같은 세태의 체질을 개선해 나갈 수 있는 관건이다. 그런데 사실 소통은 일차적인 것이다. 보다 내밀한 단계는 교감交感일 터다. 미련에서 자신을 친구에게 의탁한다는 것이 다름아닌 교감을 말하는 것이 아닐까 싶다. 시대를 뛰어넘어 자꾸 되뇌게 하는 작품이다.

봄날 낮에 홀로 앉아서

春晝獨坐

이러니저러니 경박한 인심 논할 것이 못되니
세상사 이야기하려다 나오는 말 도로 삼키네.
사귀는 태도라니 으레 귀천을 따르는 것이니
적공이 세상인심 부질없이 문에다 써놓았네.

紛紛輕薄不堪論　　世事將談却自呑
분분경박불감론　　세사장담각자탄
交態由來隨貴賤　　翟公辛苦浪書門
교태유래수귀천　　적공신고랑서문

呑(탄) 삼키다. **翟公**(적공) 중국 한나라 때 사람. **辛苦**(신고) 맵고 쓴 맛, 세상인심. **浪書**(낭성) 부질없이 쓰다.

진심으로 함께할 사람

인심이 날로 경박해진다. 이러니저러니 새삼스럽게 논할 까닭조차 없을 만큼. 그래서 세상사 이야기하려다 나오는 말 눌러 참으며 삼킨다. 말한들 무슨 소용이 있으랴. 사람 사귀는 태도, 으레 귀천에 따르는 것을. 벼슬할 땐 문전성시를 이루다가 벼슬을 그만두자 참새 그물을 쳐 놓을 만큼 문간이 한산했다는 적공, 세상 인심에 대해 문에다 써붙인 일 부질없다 싶다. 진심으로 함께할 사람이 정녕 그립다.

권세의 유무에 따라 사귀는 태도를 달리하는 염량세태炎涼世態를 노래하고 있다. 나오는 말 도로 삼킬 만큼 경박의 정도가 심각하다. 그래서 '적공翟公'이 자신의 문에다 써붙인 "죽었다 살아나 봐야 사귀던 정을 알고, 가난했다 부유해 봐야 사귀는 태도를 알며, 귀했다 천해 봐야 사귀던 정이 드러난다. 一死一生乃知交情 一貧一富乃知交態 一貴一賤交情乃見"라는 글귀를 부질없는 일이라고 했다. 물론 이때의 '부질없이'라는 표현은 일종의 역설이다. 경박하기 짝이 없는 염량세태 속에서 그만큼 진심으로 함께할 사람이 그립다는 사실을 이면에 담고 있기 때문이다.

빈부, 귀천에 따라 상대방을 대하는 태도가 바뀌는 것은 어쩌면 고금을 막론하고 인심의 보편적 양상인지도 모른다. 조건에 따라 세상 인심이 손바닥 뒤집듯 바뀌는 것을 어찌 탓할 수만 있겠는가? 그러나 상황이나 여건이 아무리 바뀌어도 한결같이 곁에 있는 사람이 있다. 그 사람이 진짜 내 사람이고 진심으로 함께할 사람이다. 그런 사람을 만나기란 쉽지 않지만, 그렇기에 그런 사람이 귀한 존재다. 드물어서 귀한 것은 예나 지금이나 조금도 다르지 않다.

이온과 중수 두 사람을 부르다

邀而溫仲晬二子時在山寺讀書

오동잎 울긋불긋 가을을 알리는데
천상의 신선들을 이 밤에 만났도다.
십년을 함께하며 진심으로 사귄 친구
객관에서 마주한 술 사양하지 말게나.

井梧巵綠報秋風	天上神仙此夜逢
정오치록보추풍	천상신선차야봉
十載人間靑眼舊	莫辭空館酒樽同
십재인간청안구	막사공관주준동

邀(요) 맞다, 부르다, 만나다. **巵綠**(치록) 울긋불긋. 이때의 치**巵**는 연지. **靑眼**(청안) 좋은 마음으로 남을 보는 눈, 상대어는 백안**白眼**.

반가운 벗을 만나

우물가 오동잎이 울긋불긋 물이 든다. 불어오던 바람이 오동잎에 머물자 문득 가을을 느낀다. 하늘에서 내려온 두 신선을 이 밤에 불러 만났다. 십 년을 함께하며 우정을 쌓아온 지기知己들, 이보다 더한 반가움이 어디 있으랴. 때마침 객관도 비어 있어 오붓하게 술상을 차리나니, 정을 담아 건네는 술잔 사양하지 말게나.

지기를 만난 즐거움을 노래하고 있다. 원제를 보면 이들 두 벗은 그때 산사에서 독서를 하고 있었기에, '천상'에서 내려온 신선들이라고 표현했다. 때마침 오동잎새 물드는 가을, 삽상한 정취 속에서 오랜만에 만나 술잔 기울이며 정담을 나누는 모습이 눈에 선하다. 혹여 거친 세파에 시달리다가도 이같은 자리에 앉으면 모든 시름이 바람결에 사라질 듯싶다.

친구에 대한 정의는 예로부터 다양하게 이루어져 왔다. '나의 침묵을 이해해 주는 사람', '기쁨은 더해 주고 고통은 나눠 갖는 사람' 등은 어렵지 않게 접할 수 있는 경우다. 인디언 언어 가운데 친구라는 말은 '내 슬픔을 등에 지고 가는 자'를 뜻한다고 한다. 그러나 '친구란 온 세상이 다 내 곁을 떠났을 때 나를 찾아오는 사람'이라는 말을 들을 때면 나도 모르게 숙연해진다. 빈 객관에서 십년지기 두 사람을 만난 어촌의 심사를 다시 읽으면서 헤아려본다.

붓 한 자루를 주며 담수와 이별하다

筆一柄寄聃叟爲別

한 자루 붉은 붓을 주인에게 선물하니
종이 위를 내닫는 바람에 모두 놀라네.
친구가 전하는 마음 정히 받아 주리니
꽃 피워 이적선 자취 밟아주기 바라오.

一枝丹筆贐東君	落紙偏驚陣陣風
일지단필신동군	낙지편경진진풍
領取故人持贈意	生花要躡謫仙蹤
영취고인지증의	생화요섭적선종

東君(동군) 태양, 주인. **陣陣**(진진) 간간이 끊김, 토막토막 이어짐. **領**(령) 옷깃, 가장 요긴한 곳. **故人**(고인) 친구. **躡**(섭) 밟다, 오르다, 이르다. **謫仙**(적선) 이태백.

우정어린 선물

한 자루 붉은 빛깔의 붓을 벗에게 선물한다. 담수야말로 이 붓의 주인이다. 붓끝이 종이에 닿자마자 바람소리를 일으키며 내닫는다. 감탄이 절로 나온다. 친구에게 전하는 나의 마음을 그대 정히 받아주리라. 이 붓으로 세상에 아름다운 꽃을 피워, 시선詩仙 이태백의 자취를 밟아주기 바란다네.

벗에게 건네는 우정어린 선물을 노래하고 있다. '붓으로 꽃을 피워'라는 말 속에 아름다운 우정과 기대를 담아 건네는 모습이 참으로 정겹고 운치가 있다. 시선 이백이야말로 붓으로 꽃을 피운 시인이기에 우정의 선물을 건네는 뜻이 더욱 각별해진다. 붓 한 자루의 의미와 가치를 돋보이게 하는 어촌의 솜씨가 아름답다. 짤막한 절구 속에 아름다운 정경들이 담뿍 배어 있다.

창방과 함께 경포에서 노닐다

同昌邦遊鏡浦

황혼에 눈이 내려 강마을에 인적이 끊기고
십리 소나무숲 줄지어 횃불을 밝혀 놓았네.
천년승지 이곳을 하늘도 관할치 않으셨나니
멋진 풍광 맡기고자 그대 행차하게 하셨네.

黃昏雨雪閉江城	十里松陰列炬明
황혼우설폐강성	십리송음렬거명
勝地千秋天不管	風煙應屬使君行
승지천추천불관	풍연응속사군행

炬(거) 횃불. **風煙**(풍연) 바람과 연기. 멀리 보이는 공중에 서린 흐릿한 기운. 바람으로 옆으로 길게 뻗친 안개.

강릉 경포 솔숲 설경

겨울 황혼 녘부터 비가 눈으로 바뀌더니 강마을에 눈이 소복이 쌓였다. 길의 흔적이 지워지면서 인적이 끊긴다. 채비를 하고 창방과 함께 경포로 나간다. 밤인데도 주위가 환하다. 눈을 들어 바라보니 바닷가를 따라 줄지어 늘어선 소나무숲이 온통 눈꽃을 피워, 마치 횃불을 밝혀 놓은 듯하다. 천년승지 이곳을 하늘도 관할치 않으셨으련만, 저렇게나 아름다운 장관을 연출할까! 이렇듯 멋진 풍광을 맡기고자 그대를 행차하게 하셨으리니, 멋진 시 한 수 지어주시게나!

벗과 함께 완상하는 경포 솔숲 설경을 노래하고 있다. 겨울밤에 마주하는 설경은 색다른 운치를 불러 일으킨다. 솔숲 설경은 더욱 각별한 흥취를 불러 일으킬 것이 당연하다. 줄지어 십리에 이르는 솔숲이 겨울밤 하늘에 횃불을 밝혀놓은 장관을 완상할 수 있는 곳은 흔치 않다. 솔숲 앞쪽으로는 경포호수가, 솔숲 너머로는 바다가 펼쳐져 있기에 그 풍광이 더욱 선명하게 눈에 들어올 터다. 이와 같은 장관 앞에서 창방에게 시 한 수 부탁하는 것이 전혀 무리가 아닐 것이다.

창방은 어촌보다 연배가 조금 위인 육봉 박우(六峰 朴祐·1476~1549)인 듯하다. 강릉 경포 솔숲 설경은 오랜 세월이 지난 오늘날에도 크게 다르지 않다. 과연 그러한지는 그 풍광 앞에 직접 서 본 사람만이 안다.

점필재 김종직의 시에 차운하여 원 스님에게 주다

次金佔畢齋宗直韻贈願上人

금강연에서 예전에 스님을 만났는데
풍진 세월 어느덧 십년이 지났구려.
스님 오면 오묘한 이치 묻고 속된 일 묻지 않으며
시는 오직 도리를 구하고 멋진 표현 구하지 않네.
삼천 세계 밖에서 구름을 좇아 노닐고
팔만 봉 꼭대기에서 달을 홀로 따른다네.
오대산 향화사를 떠올려 생각해 보니
진달래 가지에 봄꽃 피었다 질 때였네.

金剛淵上昔逢師　　忽忽風塵十載思
금강연상석봉시　　홀홀풍진십재사
來自問玄非問俗　　詩惟求道不求詞
내자문현비문속　　시유구도불구사
三千界外雲相逐　　八萬峯頭月獨隨
삼천계외운상축　　팔만봉두월독수
想得五臺香火社　　春花開落杜鵑枝
상득오대향화사　　춘화개락두견지

上人(상인) 승려를 높여 부르는 말, 스님. **忽忽**(홀홀) 대수롭지 않게, 어느덧. **詞**(사) 사장**詞章**, 시구를 꾸밈, 멋진 표현. **香火社**(향화사) 당나라 백거이**白居易**가 결성한 모임.

스님과의 교유

월정사 금강연에서 스님을 처음 만났는데, 어느 사이 10년의 세월이 훌쩍 지났다. 스님과의 대화는 세속의 일이 아닌 오묘한 이치에 대한 문답이었다. 시에 관한 대화 또한 도에 관한 것이었지 세련되게 꾸미는 문제가 아니었다. 세속을 떠난 스님의 일상, 낮이면 구름과 노닐면서, 밤이면 달을 벗삼아 수행을 한다. 새삼 돌이켜 생각해 보니, 오대산 암자에서 스님과 더불던 그 시절, 진달래꽃 피고 지던 봄날이었다. 아련하게 떠오르는 그 시절의 기억들…….

원 스님과 교유하던 시절을 회상하고 있는 작품이다. 사화士禍에 연루되어 벼슬길에서 물러나 있던 어촌의 나이 34살(1520년) 무렵에 스님을 처음 만났던 것으로 보인다. 그로부터 10년이 지난 즈음에 이 작품을 지은 것으로 보인다. 서로 행로가 다른 모습을 대조적으로 그리면서도, 지난 시절의 기억이 자아내는 영상들을 아름답게 떠올리고 있다.

고려시대는 물론이려니와 억불숭유抑佛崇儒의 조선시대에도 사대부와 승려는 적지 않은 교유를 했다. 시문을 통한 교유가 대부분이었는데, 서로의 노선이 분명한 터라 주로 정신적인 대화가 많았다. 어촌은 이 시에서 당시 교유의 내용이자 성격을 향화사香火社 고사를 활용하여 넌지시 드러내고 있다. 향화사는 백거이白居易가 만년에 관직에서 물러난 뒤 향산의 시승詩僧 여만선사如滿禪師에게 법계를 받고 결성한 모임이다. 어촌은 오대산 월정사에서 원 스님과 교유하던 시절을 여기에 견주고 있는 것이다.

자유의 애일당 시에 차운하다

次子由愛日堂韻

멀리 변방을 떠돌며 군문에 있었으니
학발의 모친 쓸쓸히 문에 기대어 있었네.
지하에 계신 음성과 용모 이제 적막한데
인간 세상 계절은 몇 번이나 바뀌었는가.
한번 태어남에 다만 신명의 보호 힘입었는데
만번 죽어도 길러주신 은혜 보답하기 어렵네.
들으니 화사한 집에 '애일'이라 편액했다니
그대 효심 처음과 끝 다다름에 감동하노라.

遠遊關塞在戎軒　鶴髮蕭蕭久倚門
원유관새재융헌　학발소소구의문
地下音容今寂寞　人間節序幾寒溫
지하음용금적막　인간절서기한온
一生但賴神明護　萬死難酬鞠育恩
일생단뢰신명호　만사난수국육은
聞說華堂扁愛日　感君終始孝思存
문설화당편애일　감군종시효사존

鶴髮(학발) 학의 깃털이 희다는 데서 노인의 백발을 의미. 부모. **鞠**(국) 궁하다, 굽히다. **愛日**(애일) 시일을 아낀다는 뜻으로, 부모를 섬길 수 있는 날이 적음을 안타까워 하며 하루라도 더 정성껏 봉양하려고 노력하는 효성을 이르는 말.

인간의 본원적 감정

멀리 변방을 떠돌며 군문에 있었던 시절, 학발의 어머니는 문에 기대어 아들 돌아오기를 내내 기다리셨다. 그 음성 그 모습, 이제는 지하에 계셔 적막하기만 하다. 계절이 왔다가 가면서 벌써 몇 년이 흘러갔는가. 신명의 보호로 한번 태어났으나, 길러주신 은혜를 어찌 다 갚을 수 있으리! 들으니 집 곱게 꾸며 '애일愛日'이라 편액했다니, 처음과 끝 모두에 다다른 그대의 효심에 감동하노라.

돌아가신 어머니를 그리워하며 벗의 효심을 기리고 있다. 이 작품에는 "자유가 관서에 있을 때 그의 어머니가 돌아가셨다. 내가 북쪽 변방에 있다가 서울로 돌아온지 몇 달 되지 않아 내 어머니가 돌아가셨다. 그래서 그 정회를 이 시에 보인다."라는 주가 달려 있다. 모두 11수로 이루어진 작품 가운데 한 수인데, 같은 처지에 놓인 벗의 심경에 공감하면서, 자신의 슬픔을 토로하고 벗을 위로한 것이다. 자유子由는 동향 출신의 막역한 벗 김광철의 자字다. 서로의 자식을 혼인시켜 사돈을 맺은 사이이기도 했다. 어촌은 9살 때 아버지를, 40살 때 어머니를 여의었다.

효를 유가에서 추구하는 가치덕목으로 편향해 이해하는 경우가 적지 않다. 그러나 효는 특정 종교나 이념과 무관하다. 자식이 자신을 낳아 길러주신 어버이를 잘 받들어 모시고자 하는 것은 인간의 본원적 감정이기 때문이다. 이러한 본원적 감정은 하늘로부터 부여받은 것으로서, 동서고금을 막론하고 보편적 진실이다. 유가에 『효경』이 있다면, 불가에는 『부모은중경』이 있다.

설날 선영을 성묘하고 느낌이 있어 동헌의 시에 차운하다

元日展掃先塋有感次東軒韻

음성 모습 감추신지 어언 여섯 해
평생을 피눈물로 하늘을 원망하네.
설날 황량한 무덤 아래서 향을 사르나니
키 큰 소나무 그늘에 작은 비석 서 있네.
깊은 밤은 지루하여 햇빛도 들지 않고
빈 산은 적막하여 차가운 안개뿐이네.
마음속으로야 정령위 생각 많이 하지만
누가 화표주에 앉아 신선술 알려주리오.

永閟音容已六年	**平生血淚謾呼天**
영비음용이륙년	평생혈루만호천
三朝香火荒墳下	**百丈松陰短碣邊**
삼조향화황분하	백장송음단갈변
厚夜漫漫無白日	**空山悛悛有寒煙**
후야만만무백일	공산전전유한연
令威多少心中事	**華表何人解道仙**
영위다소심중사	화표하인해도선

元日(원일) 정월 초하루, 설날. **閟**(비) 문을 닫다, 감추다. **三朝**(삼조) 그 해, 그 달, 그 날의 아침. **漫漫**(만만) 끝없이 지루한 모양. **悛悛**(전전) 진중하게 말이 적은 모양. **令威**(영위) 정령위丁令威, 한나라 요동 사람으로 도를 닦아 신선이 되었다 함. **華表**(화표) 묘 앞에 세우는 문, 망주석. 요동 성문에 화표주華表柱가 있는데 정령위가 학이 되어 날아와 앉아 어찌 신선술을 배우지 않아 무덤이 이리도 많으냐고 노래했다 함.

저 세상에 계신 어머니

음성과 모습 영원히 감추신지 어언 여섯 해가 되었다. 돌아가신 어머니 생각이 날 때마다 피눈물로 하늘을 원망한다. 어찌 그리도 무정하게 저 세상으로 부르셨느냐고. 설날 아침, 황량한 무덤 앞에 무릎 꿇고 향을 사른다. 키 큰 소나무 그늘이 드리워진 아래 덩그마니 비석 하나 서 있다. 깊은 밤이면 햇빛도 들지 않아 내내 지루하시리라. 텅 비어 있는 산은 차가운 안개가 흐를뿐 내내 적막하시리라. 마음속으로야 도 닦아 신선이 되었다는 정령위 생각 많이 하지만, 누가 이 망주석에 앉아 어머니께 신선술 알려주겠는가. 저 세상에 계신 어머니 생각에 다시금 눈물이 흐른다.

어머니를 애도하는 정을 노래하고 있다. 눈앞 무덤 속에 누워 계신 어머니의 음성과 모습을 떠올리며 오열嗚咽하고 있다. 무덤 주변의 황량하고 적막한 분위기가 슬픔을 더욱 복받치게 한다. 영원히 살 수는 없는 것일까? 정령위처럼 혹여 신선이 되실 수도 있으련만, 그렇다고 누가 그 신선술을 어머니께 알려주겠는가! 스스로 묻고 스스로 대답하면서, 저 세상에 계신 어머니를 사무치게 애도한다.

인간은 유한한 존재기에 시공의 한계를 벗어나 존재하는 무한한 무엇인가를 상상하고 동경한다. 그 상상과 동경의 대상은 시대와 지역에 따라 달리 나타난다. 신선은 동아시아적 상상과 동경이 빚어낸 존재의 하나다. 인간의 영원성에 대한 희구의 소산이다.

아내의 널을 강가에서 떠나보내고 통곡하다
哭送妻柩于江上

붉은 깃발 아리따운 상여는 떠나가고
짝을 향한 깊은 정은 이제 꿈속에서만.
강가에서 이별하니 애가 끊어지는 듯
살아생전 고생시켜 눈물 하염없이 흐르네.
공명은 일상사에 도움이 되지 못하나니
절기마다 음식 대접 누가 감당하리오.
혈혈단신 이내 몸만 이 세상에 머무니
쓸쓸하게 쇠한 머리 하얗게 솟아나네.

丹旌娥娜轊車馳　伉儷深情但夢思
단정아나위기치　항려심정단몽사
江上別離腸亦裂　人間契闊淚常垂
강상별리장역렬　인간계활루상수
功名未足裨生理　鷄黍誰堪其歲時
공명미족비생리　계서수감기세시
孑孑此身留此世　蕭然衰鬢迸華絲
혈혈차신유차세　소연쇠빈병화사

娥娜(아나) 곱고 아리땁다. **轊車**(위거) 상여. **伉儷**(항려) 짝, 배필. **契闊**(계활) 삶을 위해 애쓰고 고생함, 멀리 떨어져 있어 서로 소식이 끊어짐. **生理**(생리) 생활하는 습성이나 본능, 생계. **鷄黍**(계서) 닭을 잡아 국을 끓이고 기장을 안쳐서 밥을 짓는다는 뜻으로, 남을 잘 대접하는 일. **歲時**(세시) 한 해의 절기나 달, 계절에 따른 때.

사랑하는 아내를 떠나보내며

붉은 깃발의 아리따운 상여, 아내를 싣고서 떠나간다. 아내를 향한 깊은 정, 이제 꿈속에서나 달랠 수 있으리라. 영원한 이별 앞에 창자가 찢어지는 듯, 살아생전 고생한 일 생각하니 눈물만 하염없이 흐른다. 공적 명예 쌓은들 일상사에 무슨 도움 되겠는가. 이제 겨우 살만 하니 나를 두고 떠나간다. 외롭게 남은 이내 몸, 이제 누구와 더불어 세상일 얘기하나. 성글어가는 귀밑머리 하얗게 솟아난다.

아내를 저 세상으로 떠나보내는 지아비의 슬픔을 토로하고 있다. 아내에 대한 깊은 애정과 홀로 남아 살아가야 하는 고독감이 절절하게 배어난다. 특히 살아생전 고생만 시키다가 겨우 살만 하니까 자신을 떠나갈 때의 미안함은, 당사자가 아니고서는 쉬이 말할 수 없을 터다. 무촌 간이라는 부부, 이 세상에 따로 와서는, 자연의 섭리에 따라 인연을 맺고 사는 일, 논리적 설명 바깥에 있기도 하다. 촌수를 따질 수 없는 전혀 다른 남남일 수도 있겠지만, 자식을 낳음으로써 촌수 자체가 성립하지 않는 관계가 된다.

어촌은 아내 강릉 박씨와 16살 되던 해에 결혼하여 47살 때 사별했으니, 31년을 부부로 살았다. 어촌이 아내의 죽음을 슬퍼한 시, 도망시悼亡詩는 이 작품을 포함하여 모두 3수다. 일반 사대부들에 견주어 볼 때 많은 편수다. 어촌의 아내에 대한 사랑은 각별했던 것으로 보인다.

꿈에 죽은 아내를 보고

夢亡妻

두 마지기 밭으로 열 식구 먹여 살리니
가난한 집안살림 어진 아내에게 의지했네.
고생스러운 살림살이 삼십 년에 이르건만
영광스러운 공명은 겨우 몇 년 뿐이었네.
스스로 말하길 함께 늙어가자고 하더니
어찌 나를 버리고 황천길 먼저 떠나셨는가.
저승길 너무 멀어 혼백 찾아와도 모를텐데
꿈속에서 본 연두빛 수건 아직도 또렷하네.

十口常資二頃田	貧家生理賴妻賢
십구상사이경전	빈가생리뢰처현
艱辛契活曾三紀	榮顯功名僅數年
간신계활증삼기	영현공명근수년
自謂與君同白首	何先棄我落黃泉
자위여군동백수	하선기아락황천
魂來不覺冥途隔	夢裏綦巾尙宛然
혼래불각명도격	몽리기건상완연

生理(생리) 생활하는 습성이나 본능, 생계. **契活**(계활) 생계를 위해 애쓰고 고생함. **綦巾**(기건) 연두빛 두건·수건.

함께 늙자 하더니

살림살이가 많이도 궁핍했다. 두 이랑 밭으로 열 식구를 먹여 살리자니, 어진 아내가 아니었으면 어림없는 일이었다. 그렇듯 고생한 세월이 30년, 벼슬길에 나아가 이제 겨우 몇 년 어깨라도 펴나 싶으니 내 곁을 떠나갔다. 함께 늙어가자고 그렇게 말하더니, 어찌 나를 남겨두고 황천길 먼저 떠났는지. 저승길은 너무 멀어 그대 혼백이 찾아와도 알아차리지 못할까 걱정스럽다. 그런데 어젯밤 꿈속에서 본 당신, 연두빛 수건은 아직도 또렷하여 손에 잡힐 것 같다. 아아, 그리운 사람이여……!

사별한 아내를 그리워하는 정을 노래하고 있다. 이제 더 이상 곁에 없는 아내 생각을 하면, 무엇보다도 궁핍했던 시절에 대한 미안함과 고마움이 가슴을 저리게 한다. 지난날과 견주어 형편이 펴진 상황이기에 더 그러할 터다. 함께 늙어가자고 하던 말을 떠올리며 새삼 눈시울이 뜨거워지는 화자를 넉넉히 떠올릴 수 있다. 나이가 들어 사별하는 경우일수록 그리움과 고독감이 훨씬 더 절절할 터다. 꿈속에서 본 아내의 '연두빛 수건'은 화자의 아름다운 추억이자 사랑의 상징이요 두 사람만의 영원한 정표다.

사랑하는 이들은 꿈을 꾼다. 그립기 때문이다. 그러나 그리워하는 계기나 내용은 전혀 다를 터다. 그리워하는 내용을 현실로 옮겨놓을 수 없는 그리움이야말로 가장 뼈에 사무치는 것이리라.

죽은 아들을 애도하다

悼亡兒

사안에 따라 마음 안배함이 선비의 상도인데
어찌하여 근심 번뇌 스스로 잊지를 못하는가.
반평생에 재앙 쌓여가는 것 면하지 못해
한 줌 흙으로 골육들 자주도 죽어가네.
은혜와 사랑 날카로운 칼과 같음을 알겠고
늙고 쇠하여 그때마다 창자 갈라짐을 깨닫네.
지난날 얼굴에서 홍조를 거두어 가니
부질없이 거울 붙잡고 흰머리만 비춰보네.

隨事安排是士常　　如何憂惱自難忘
수사안배시사상　　여하우뇌자난망
半生未免災殃積　　一塊頻教骨肉亡
반생미면재앙적　　일괴빈교골육망
恩愛極知同利刃　　老衰偏覺割剛腸
은애극지동리인　　로쇠편각할강장
向來顏面收紅藻　　空把靑銅照雪霜
향래안면수홍조　　공파청동조설상

常(상) 상도常道, 마땅한 도리. 利刃(이인) 날카로운 칼. 靑銅(청동) 거울.

자식을 앞세운 어버이 심정

감정을 조절하는 일, 선비의 마땅한 도리인 줄 안다. 그러나 도무지 그렇게 되지가 않는다. 아비보다 먼저 떠나간 자식을 떠올릴 때마다, 안타깝고 서글퍼 마음 갈피를 잡을 수가 없다. 무슨 재앙이 이리도 쌓이는지, 반평생에 골육들이 한 줌 흙으로 돌아가는 것을 자주도 겪는다. 어버이 은혜와 자식 사랑, 깊을수록 날카로운 칼과 같다 싶다. 충만함이 깊을수록 그것을 잃은 상실감 또한 깊은 것이니! 늙고 쇠약한 몸이라 재앙을 당할 때마다 창자가 갈라짐을 뼈저리게 느낀다. 이렇듯 험난한 세월 겪다보니 지난날의 홍조 얼굴에서 사라지고, 부질없이 거울 붙잡고 늘어가는 흰머리만 비춰본다.

아들을 잃은 어버이의 슬픔을 노래하고 있다. 달리 무슨 말이 필요할까 싶다. 제아무리 도덕군자라 할지라도 마음 갈피를 잡을 수 있다면 오히려 이상한 일이다. 특히 경련의 '은혜와 사랑 날카로운 칼과 같음을 알겠다.'는 말은 사람살이의 이치에 대해 깊은 상념에 잠기게 한다. 경험적 진실에서 우러나오는 말은 시대를 초월하여 심금을 울린다.

사랑하는 법, 서로 깊게 엮이는 법을 배우고 싶거든 자식을 가져보라는 말이 있다. 사랑 중에서 지고지순한 사랑은 어버이의 자식 사랑이다. 그렇기에 자식이 부모보다 먼저 죽는 것을 참혹한 근심을 얻는다고 해서 참척慘慽이라고 한다. 어떤 고통도 시간이 지나면 반감되는 것에 비해, 자식을 앞세운 고통은 치유가 안 되기에, 어버이로 하여금 끊임없이 자학하게 만듦을 일컫는다. 자식의 죽음은 어떤 것으로도 위로가 불가능한 일이다.

정자 최경홍을 곡하다
哭崔正字景弘

십 년 동안 마음을 그대 위해 기울였으니
시와 술로 만나는 자리 진정으로 대했네.
조정행렬에 서는 공명 한번의 분부 뿐이지만
문단의 습성과 기운은 군·사·부로부터라네.
정녕 기뻤던 것은 붕정만리의 원대한 포부요
영락해 슬펐던 것은 호접몽에서 깼을 때라네.
수명의 장단을 안다는 것은 모두 헛된 일이니
잘 익은 봄술을 하염없이 영령 앞에 따른다네.

十年肝膽爲君傾　　詩酒逢場眼幾青
십년간담위군경　　시주봉장안기청
鵷路功名纔一命　　騷壇習氣自三生
원로공명재일명　　소단습기자삼생
扶搖政喜鵬圖遠　　零落還悲蝶夢驚
부요정희붕도원　　영락환비접몽경
解道彭殤皆妄作　　春醪聊復酹英靈
해도팽상개망작　　춘료료부뢰영령

肝膽(간담) 간과 쓸개, 속마음. **鵷路**(원로) 조정 백관들의 행렬. **纔**(재) 겨우, 비로소. **騷壇**(소단) 문단. **三生**(삼생) 군君·사師·부父. **鵬圖**(붕도) 원대한 포부. **蝶夢**(접몽) 인생의 덧없음. **彭殤**(팽상) 오래 삶과 일찍 죽음. **聊**(료) 의지하다, 즐기다. **酹**(뢰) 붓다.

동료를 애도하며

그대와 십 년을 함께하면서, 시와 술로 정담 나누며 진심을 주고받았지. 조정행렬에 서는 공명이야 전하의 분부 한번이면 끝이지만, 시서의 기풍과 논의야 군·사·부 모두로부터 비롯되는 것 아니겠나. 그대와 나눈 시서와 정담, 정녕 기뻤던 것은 붕정만리 원대한 포부를 보았을 때였고, 영락해 슬펐던 것은 호접몽에서 깨어나 덧없는 인생 하직했다는 소식이었네. 수명의 장단을 누군들 어찌 알겠나. 모두가 헛된 일인 것을. 먼저 떠난 그대를 위해 잘 익은 봄술 따르고 또 따르나니, 건네는 술잔 받으시고 먼 길 편히 가시게나!

벼슬살이에서 만난 동료를 애도한 작품이다. 그와 생전에 함께하던 추억들을 떠올리며, 진심을 주고받은 인연을 소중하게 간직할 것을 영령에게 고하고 있다. '수명의 장단을 안다는 것은 모두 헛된 일'이라는 표현 속에, 동료를 애도하는 정과 함께, 유한하고도 예측할 수 없는 인생의 이법을 담담하게 환기하고 있다.

인생에서 가장 확실한 한가지는 우리 모두 죽는다는 사실이다. 반면 가장 불확실한 한가지는 그 시기가 언제인지 모른다는 사실이다. 우리의 삶은 이렇듯 가장 확실한 한가지와 가장 불확실한 한가지 사이를 흐르는 강물에 잠시 발을 담그는 것일 터다. 인생을 어떻게 하면 행복하고 의미 있게 살 수 있을까 하는 웰빙well-being도 중요하지만, 어떻게 하면 인생을 잘 마무리할 수 있을까 하는 웰다잉well-dying 또한 중요하지 않을까 싶다.

더하는 이야기

어촌 심언광 시세계의 양상과 특징

이 글은 『고시가연구』 27집(한국고시가문학회, 2011.)에 게재되었던 것을 수정·보완한 것임을 밝혀둔다.

1. 접근의 시각

어촌 심언광(漁村 沈彦光·1487~1540)은 16세기 전반을 대표하는 시인 가운데 한 사람이면서도, 사후는 물론 오늘에 이르기까지 별다른 조명을 받지 못했다. 그가 생존·활동하던 당대에 권세를 이용해 파당을 만들고 수많은 화옥을 일으킨 김안로(金安老·1481~1537)를 천거한 정치적 오명에다, 이로 인해 결국 삭탈관직되어 낙향한 지 이태만에 세상을 뜬 것, 사후 144년만(1684)에 비로소 신원伸寃이 이루어진 것에 그 일차적 요인이 있는 것으로 보인다. 나아가 신원 이후에도 예의 정치적 오명의 잔영으로 인해 그의 시문에 대한 세인들의 평가가 소원했던 점, 신원 이후 200여 년(사후 350년)이 지난 19세기 말(1889)에야 모양을 갖춘 문집이 간행된 것, 그리고 여기에 그의 문집이 간행된 지 다시 120년 가까이에 이르러서야(2006) 국역본이 간행된 것 등의 복합적 요인들이 간여한 결과라 할 수 있다.

그런 가운데서도 어촌의 시문에 대한 논평이 전혀 없지는 않아서, 사후 띄엄띄엄 그의 시문에 대한 평이 이루어지기도 했고, 시적 능력이나 작품의 수준 만큼은 높은 평가를 받아 왔다.[1] 거기에다 최근에는 그의 생애와 시세계를 포괄적으로 조명한 개척적 연구[2]가 이루어졌으며, 이후 국역본 간행을 계기로 학술세미나가 열리면서 그의 시세계가 지닌 특징적 양상에 대한 논의[3]가 이루어지기도 했다. 그러나

---

1 이와 관련된 구체적 사실은 이어지는 장을 통해 살필 것임.

2 김은정, 「어촌 심언광의 생애와 시세계」, 『한국한시작가연구·5』, 한국한시학회, 2000.

3 이한길, 「어촌 심언광의 한시 고찰」, 『어촌 심언광의 경세사상과 문학적 정서』(제8회 강릉 전통문화 학술세미나 발표자료집), 강릉문화원·관동대학교 영동문화연구소, 2007 ; 이한길, 「어촌 심언광의 경포 관련 한시 고찰」, 『임영문화』 제31집, 강릉문화원, 2007.

이같은 사실들은 말 그대로 예외자적 주목에 해당하며, 어촌의 시세계에 대한 본격적인 연구나 그가 이룬 시적 성취에 결부된 논의는 여전히 황무지에 가까운 실정이다.

이 글은 이와 같은 사실들을 염두에 두면서, 우선 포괄적 국면에서 현전하는 어촌의 한시 작품의 유형적 양상을 살펴 연구의 기초자료로 삼고, 이어 어촌의 시와 시세계에 대한 역대 평들을 한 자리에 모아 종합적으로 정리한 다음, 그의 시세계가 지닌 특징적 면모를 간략히 논의함으로써 본격적인 연구의 기틀을 마련하고자 한다. 이 글에서 논의 대상으로 삼은 자료는 역대 시평이 실린 문헌 외에 모두 『국역 어촌집』[4]에 의거하였으며, 작품 인용시 그 출처만을 간략히 명시하기로 한다.

2. 어촌 한시의 유형적 양상

『어촌집』(1889)에 수록되어 있는 어촌의 한시 작품은 모두 848수다. 여기에 허균(許筠·1569~1618)이 편찬한 『국조시산國朝詩刪』에 소개되어 있으나 『어촌집』에는 수록되어 있지 않은 칠언절구 2편 〈능금꽃 떨어지다 來禽花落〉·〈낙화 落花〉[5]를 합하면, 현전하는 어촌의 한시

4 『國譯 漁村集』, 강릉문화원, 2006. 이 책은 1889년 活印本으로 간행된 『漁村集』 13권 4책을 대본으로 삼아 국역한 것이다. 참고로, 『漁村集』 초간본은 1572년 손자사위 洪春年이 집안에 보관되어 있던 원고들을 수습하여 遺集 4책을 活字로 간행한 바 있는데, 병란을 거치면서 거의 산일되었다. 1889년의 活印本은 후손 沈陽洙 등이 문집다운 모양을 갖추어 간행한 중간본으로서, 현재 국립중앙도서관·연세대학교 중앙도서관에 소장되어 있다. 삼간본은 1937년 후손 沈千鐸이 10권 4책의 石印本으로 간행하였는데, 현재 성균관대학교 중앙도서관에 소장되어 있다. ※韓國文集叢刊 24

5 『國朝詩刪』 詩 卷3 七言絶句·「沈彦光」 항목에 소개되어 있다.

작품은 도합 850수로 파악할 수 있다.

어촌 한시 작품들의 유형적 양상에 대한 고찰은 지금껏 이루어진 바 없다. 먼저, 이들 850수를 형식별로 갈래지어 보면, 고시 72수, 절구 246수, 율시 522수, 배율 9수, 그리고 시구가 산일되어 온전치 않은 미완의 작품 1수로 파악할 수 있다. 율시가 전체 작품의 60%를 넘어설 만큼 압도적인 비중을 차지하고 있다는 사실로부터, 어촌은 특히 율시를 즐겨 창작하는 가운데, 정제된 형식미를 바탕으로 시상의 조직적 연계에 능했던 것으로 보인다.

좀더 구체적으로 살펴보면, 고시 72수 가운데에는 사언고시 3수, 오언고시 47수, 칠언고시 19수, 기타 자수가 일정하지 않은 고시 3수가 있어, 오언고시가 큰 비중을 차지한다. 절구 246수는 오언절구 38수, 칠언절구 208수로 이루어져 있어, 칠언절구가 절대다수를 차지한다. 또 율시 522수는 오언율시 173수, 칠언율시 349수로 이루어져 있어, 칠언율시가 압도적으로 많다. 그리고 배율 9수는 오언배율이 1수, 칠언배율이 8수로 이루어져 있다. 이렇게 보면, 어촌은 근체시 가운데 절구·율시·배율 가리지 않고 특히 '7언'을 선호했음을 알 수 있다.

어촌의 한시 850수의 형식별 양상을 표로 제시하면 다음과 같다.

형식 분류	고시				절구		율시		배율		기타	총계
자수	4언	5언	7언	기타	5언	7언	5언	7언	5언	7언	미완	
작품수	3	47	19	3	38	208	173	349	1	8		
계	72				246		522		9		1	850

다음으로, 어촌의 한시는 양적으로 매우 호한하고 내용적으로도 여느 경우처럼 한 작품에 복합적인 요소를 지니고 있는 까닭에, 이를 내용에 따라 유형별로 분류하기 어려운 점이 많다. 그러나 그의 작품 전반을 조감하여 보다 체계적으로 이해하고 또 그 특징을 파악해 보기 위해서는, 작품 간의 상관성이나 공통적 요소를 찾아 이를 몇 가지 유형으로 갈래지어 볼 필요가 있다.

어촌의 한시 850수의 내용을 작품 창작 계기 및 제재에 초점을 맞추어 대별해 보면, 술회시 242수, 유람시 192수, 교유시 160수, 관각시 118수, 애도시 66수, 영사시 40수, 경물시 27수, 기타 5수로 유형화할 수 있다. 이 경우 역시 간략히 표로 제시하면 다음과 같다.

유형	술회시	유람시	교유시	관각시	애도시	영사시	경물시	기타	계
작품수	242	192	160	118	66	40	27	5	850(수)
비율	28(%)	23(%)	19(%)	14(%)	8(%)	5(%)	3(%)		100(%)

술회시述懷詩는 가슴 속에 품은 포부나 자연의 물상들이 환기하는 감정으로부터 삶의 현실에서 겪는 고뇌와 애환에 이르기까지 적이 다채로운 내면의 소회를 토로한 것을 말한다. 이는 한시를 창작한 문인들에게서 가장 너른 분포를 보이는 유형이라 할 수 있다. 어촌의 경우 역시 242수(28%)에 이르는 가장 많은 작품이 전한다. 벼슬길에 나아가기 전의 초기 작품들로부터, 강원도·충청도 도사都事 소임을 수행하던 30대 중반의 작품들에서 두드러지며, 특히 말년에 강릉으로 낙향하여 지내던 시절의 시편들을 모아 엮은 『귀전록歸田錄』에 수록

되어 있는 작품 대다수가 여기에 속한다.[6]

유람시遊覽詩는 산수 간에 노닐거나 명승을 탐방하는 기행을 위시하여, 민정을 순찰하는 등의 직무수행 과정에서 마주친 풍광들을 묘사하면서 감회 혹은 정취를 시화한 것을 이른다. 풍속이나 경관으로부터 환기되는 감회 혹은 정취가 빈번하게 노래된다는 점에서 술회시와의 차별성이 애매한 경우가 많으나, 작품 창작의 계기 및 제재에 초점을 맞출 때 구분 또한 가능하다. 192수(23%)의 작품이 전하는 어촌의 경우는, 강원도·충청도 도사를 비롯하여 강원도 관찰사, 평안도 경변사, 함경도 관찰사 등 외직에 나아가 있었던 경우가 적지 않았기에, 여느 사대부 작가들에 비해 많은 작품이 전한다고 할 수 있다. 그의 문집 속에 별도의 이름이 붙여져 전하는 『동관록東關錄』의 경우는 다소 덜하지만, 『서정고西征稿』·『북정고北征稿』에 수록되어 있는 시편들 대부분이 여기에 속한다.

교유시交遊詩는 비슷한 연배 사이의 사귐을 포함하여 마음이나 감정이 통하는 이들과의 교분交分 혹은 정의情誼를 주고받는 경우의 시를 일컫는다. 전통시대 선비사회에 있어서의 교유는 당대의 사회적 정황과 문화적 풍토 및 인간적 유대관계를 함축하고 있다는 면에서

6 『漁村集』은 작품 제작 시기를 염두에 두고서 편제한 것으로 보인다. 卷1(120수)의 시편들은 벼슬길에 나아가기 전과 벼슬살이 초기의 작품들로 보이며, 卷2(109수)·卷3(78수)의 시편들은 내직과 외직을 오가던 30~40대의 작품들을 수습해 놓은 것으로 보인다. 卷4의 『東關錄』(81수)은 강원도 관찰사 시절의 시편들로 보이고, 1536년이라 명기되어 있는 역시 卷4의 『西征錄』(116수)은 평안도 경변사 시절의 시편들로 보인다. 卷5 『北征稿』(148수)는 1537년 함경도 관찰사 시절에 지어졌다고 명기해 놓았으며, 卷6(52수)의 시편들은 외직에서 돌아와 다시 내직에 있을 때의 소작들로 보인다. 卷7 『館伴時雜稿』(30수)의 시편들은 1537년 함경도 관찰사로 나아가기 전, 관반사의 직무를 수행하며 명나라 사신들과 수작하는 시편들을 중심으로 엮어진 것이다(卷7 말미에 어촌의 작품이 아닌 당시 중국 사신의 작품 2수, 후대에 덧붙어진 송시열의 작품 2수와 이담의 작품 1수가 함께 실려 있다.) 그리고 卷10 『歸田錄』(114수)은 1538년 강릉으로 낙향한 이후 1540년 세상을 뜰 때까지의 시기에 지어진 시편들로 보인다.

나름의 중요한 의미가 있다. 넓게는 당대 지식인들 사이의 인간적인 교분과 정신적인 유대관계를 살필 수 있으며, 좁게는 개인의 사회활동과 삶의 궤적을 살필 수 있기 때문이다. 160수(19%)의 작품이 전하는 어촌의 경우는, 교유의 폭이 매우 넓을 뿐 아니라 작품의 성향 또한 다채로운데, 교유시 전체의 절반에 가까운 77수의 작품이 '송별시'인 점이 두드러진 특징으로 지적될 수 있다.

관각시館閣詩는 벼슬살이 과정에서 표방하는 관인으로서의 자세나 정신적인 태도를 비롯하여, 왕업과 군주의 덕을 칭송하는 등 경국제민經國濟民에 결부된 내용을 위주로 한 화려하고도 장식적인 표현미가 중시되는 시를 통칭한다. 여기에서는 그 연계선 상에 놓여 있는 우국·애민·연군을 제재로 한 시편들까지를 두루 포함하였는데, 어촌의 경우 이 유형에 속하는 작품이 118수(14%)에 달하여 예사 사대부들에 비해 상당히 많은 작품이 전한다고 할 수 있다. 어촌의 관각시 가운데에는 주로 외직에 있을 때 지어진 것으로 보이는 우국·애민·연군을 제재로 한 시편이 33수, 관반사館伴使의 직무를 수행하면서 주로 명나라 사신들과 수작하는 시편들을 모아 엮은 『관반시잡록館伴時雜錄』에 전하는 30수, 축하나 기념을 위해 모인 자리에서 지어 선물로 전하는 계축시契軸詩가 24수, 특정의 날에 기둥이나 바람벽에 써 붙여 그 의미를 환기하는 첩자시帖子詩가 16수, 그리고 관인으로서의 자세와 마음가짐을 노래한 일반적 관인시가 15수로서, 여느 사대부들에게서는 쉽게 확인하기 어려운 계축시·첩자시가 40수에 달하는 점이 두드러진 특징의 하나로 지적될 수 있다.[7]

---

7 어촌의 관각시와 관련하여, 김은정은 契軸詩의 경우 관리로서의 자부심과 포부를 드러내는 가운데 득의에 찬 자긍심을 엿볼 수 있는 작품들이 많다고 하였으며, 帖子詩의 경우는 화려한 어휘를 많이 사용하여 임금의 은혜와 덕을 기리고 있는 예가 두드러지며, 館伴詩와 관련해서는 전형적인 관각시로서 화려한 수식과 전고를 많이 활용하여 詩才를 한껏 드러낸 경우가 많다고 논의한 바 있다.(김은정, 앞의 「어촌 심언광의

애도시哀悼詩는 말 그대로 이승을 떠난 이의 죽음을 슬퍼하는 시편들을 일컫는다. 어촌이 지은 애도시는 무려 66수(8%)에 이르는데, 사랑하는 아내와 자식의 죽음을 슬퍼하는 시편들로부터, 친구며 선후배의 죽음을 애도하는 시편들에 이르기까지 그 범위가 매우 넓고 다양하다. 특히 그와 가까이 지내던 이들의 아내를 애도하는 시편들도 적지 않으며, 장경왕후 능을 옮길 때의 만장(3수)이며 장현왕후 만사(10수)를 지은 것으로 미루어, 당대 애도시에 능한 인물로 손꼽혔던 것으로 보인다.

영사시詠史詩는 역사적 사실이나 인물을 제재로 한 시를 말한다. 객관적인 사실 위주로 서술하기도 하고 주관적인 회고의 시각에서 그리기도 하는데, 옛 일을 들어 현재를 풍유하거나 개인의 특정 사실을 회고하며 읊는 경우가 많다. 어촌의 영사시는 『어촌집』 권10 『귀전록歸田錄』 말미에 40수(5%)가 수록되어 전한다. 주나라 '태공太公'으로부터 송나라 '장세걸張世傑'에 이르는 중국 역사에서 주목되는 인물들의 생애적 특징과 그 의미를 각각 칠언절구 1수씩의 간결한 시편을 통해 노래하고 있다. 삭탈관직되어 낙향해 있던 시절의 심사를 한편으로 가탁해 달래면서, 역사적 인물들에 대한 논평의 의미를 담고 있는 것으로 보인다.

경물시景物詩는 자연의 정경이나 사물을 제재로 하여 그 자체의 속성이나 의미에 초점을 맞추어 노래한 시편들을 말한다. 자연의 정경이나 사물로부터 환기되는 정서나 흥취가 완전히 배제되기는 어렵다는 면에서 술회시나 유람시와 부분적으로 겹치는 부분도 없지 않으나, 대상 그 자체의 속성이나 의미에 초점이 맞추어져 있다는 면에서 이들 유형과는 구분해서 살펴볼 필요가 있다. 어촌의 경물시는 27

생애와 시세계」, 15~19면 참조)

수(3%)로 파악할 수 있는데, 국화를 노래한 시편(11수)이 가장 많고, 누정 주변의 경물을 노래한 시편(9수)이 그 다음이며, 이 외에 바위·호수·노송 등을 노래한 시편이 약간 전하는 바, 그 종류는 다양하지 않다.

기타에 속하는 작품(5수)으로는, 단순히 역사적 사실을 옮겨놓거나, 단오·칠석 등 풍속의 단면을 노래한 것, 그리고 시구가 산일되어 미완인 작품이 있다.

3. 어촌 시세계의 특징적 면모

어촌 시세계에 대한 논평이나 논의는 서두에서 언급한 것처럼 과거로부터 오늘에 이르기까지 지극히 영성하다. 그런 만큼 본격적인 연구를 위해서는 위에서 살핀 어촌 한시의 포괄적 국면에서의 유형적 양상과 함께, 그의 시와 시세계에 대한 많지 않은 역대 평들을 한 자리에 모아 정리·분석하는 과정을 통해, 제한된 범위에서나마 특징적 면모들을 추출하고 문제의식을 구체화시킬 필요가 있다.

1) 어촌시와 시세계에 대한 역대 평

(1) 『조선왕조실록』: 1536년(중종 31년 1월 6일/ 5월 12일/ 10월 15일)

심언광은 사람됨이 질박하고 솔직하며 시문을 잘 하였다. 뜻을 얻자 자주 대각臺閣의 의논을 마음대로 하여 한때의 소장疏章이 그의 손에

서 많이 나왔다.[8]

김근사에게 전교하기를, "심언광과 정사룡의 글 지은 점수가 똑 같으니(두 사람이 모두 三上과 次上이었다) 마땅히 다시 같은 제목으로 글을 짓게 하여, 고하高下를 결정케 하라." 하고, 상이 '동정추월洞庭秋月'로 칠언율시를 '서산제설西山霽雪'로 오언율시를 짓도록 시제詩題를 써서 내렸다. 그리하여 심언광이 1등을 하였고 활쏘는 일도 끝났다.[9]

어가를 돌릴 적에 견항에서 낮을 머물렀다. 상이 '일출부상日出扶桑'이란 칠언율의 시제詩題를 친히 써서 시신侍臣들에게 모두 시를 짓게 하고, 또 좌상과 우상에게 고열考閱하게 하였다. 심언광과 정사룡 등이 우등을 하니, 특별히 만든 활 1장張씩 하사하였다.[10]

중종 31년 1월조의 기록은 경변사 직무를 수행하러 떠나는 어촌이 야인 토벌에 관해 임금에게 아뢰는 기사 맨 끝에 덧붙인 사관史官의 평 첫대목에 등장하는 말이다. 질박하고 솔직한 어촌의 사람됨과 함께 그가 시문에 능한 인물로 널리 일컬어졌음을 분명하게 확인할 수 있다. 특히 사헌부·사간원에서 작성되는 소장疏章들이 그의 손에서 많이 나왔다는 사실로부터 관각문학에 가견이 있었음을 또한 헤아릴 수 있다.

---

8 彦光爲人 野直 能詩文 及其得志 屢擅臺閣之議 一時疏章 多出其手:『朝鮮王朝實錄』·中宗31 1月 6日

9 傳于金謹思曰 沈彦光鄭士龍所製等書(兩人皆爲三上次上) 宜更令作一題 決高下 上以洞庭秋月五言律詩 西山霽雪五言律詩 題書而下之 於是彦光居首 而射事亦畢:『朝鮮王朝實錄』·中宗31 5月 12日

10 駕還 晝停于犬項 上親書 日出扶桑 七言律詩題 命侍臣皆製之 又命左右相考之 沈彦光鄭士龍優等 命賜別造弓一張:『朝鮮王朝實錄』·中宗31 10月 15日

이어지는 중종 31년 5월과 10월의 기록은 임금을 호종扈從하던 상황의 일화들로서, 당대 최고의 시인으로 일컬어지던 호음 정사룡(湖陰鄭士龍·1494~1573)과 시재詩才의 우열을 다투는 내용이다. 어촌의 나이 50살이던 해의 일인데, 이같은 『조선왕조실록』의 기록들로부터, 어촌의 시적 재능은 그가 생존·활동하던 당대로부터 정평이 나 있었던 것을 새삼 헤아릴 수 있다. 나아가 이처럼 어촌의 시재가 돋보이는 일화들이 『조선왕조실록』에 등장하는 것 자체가 그의 시적 자질과 능력에 대한 세인들의 인식과 평을 대변한다고 할 것이다.

(2) 『학산초담』: 1593년(『성소부부고』 권26)

어촌의 시는 웅혼하고 도타우며渾厚 화려하고 아름답기浮艶가 호음湖陰에 못지 않은데, 송계松溪가 중종 이래 대가를 평하는 데 뽑혀 있지 않으니, 도대체 무슨 까닭인지 모르겠다. 내가 북변루北邊樓 시편들을 보다가 공의 시를 읽고는, 눈을 비비며 장단을 두드려 맞추지 않은 적이 없었다. 영동역嶺東驛 시는 다음과 같다.

총애와 모욕에 유유하다 두 가지에 다 놀라니	寵辱悠悠兩自驚
영락한 남은 목숨 그 어디에 붙일까.	飄零何處着殘生
하늘가 해질 무렵 고향 그리는 눈물	天邊落日懷鄕淚
변방의 늦가을에 고국 떠나는 마음일세.	塞外窮秋去國情
구름낙엽 어지러이 날아 산은 온통 새까맣고	雲葉亂飛山盡黑
둥근 달 나직이 비치니 온바다는 밝아라.	月輪低照海全明
나그네 신세 오늘밤 유난히 시름겨워	羈愁此夜偏多緖
푸른 등불 마주앉아 한밤 지새네.	坐對靑燈到五更

수성역輸城驛 시는 다음과 같다.

서울 떠나 가을 지나 변방 성에 머무니　去國經秋滯塞城
낯선 땅 풍경 모두 고향을 그리게 하네.　異方雲物摠關情
넓은 강 건너고 싶으나 뱃사공이 없고　洪河欲濟無舟子
겨울나무 말라가도 겨우살이는 매달렸네.　寒木將枯有寄生
스스로 비웃나니 일신 도모에 곧은 길 아니었음을　自笑謀身非直道
오히려 부끄럽네 세상 속여 헛된 이름에 붙들렸음을.　還慙欺世坐虛名
새벽에 문을 열고 푸른 바다 마주하니　曉來拓戶臨青海
아침 해 밝고 밝아 간담을 환히 비추네.　旭日昭昭照膽明

이와 같은 작품들이 어찌 호음湖陰의 무리만 못하단 말인가? 아래 시의 제4구는 김안로가 죽었지만 그의 잔당은 아직 다 죽지 않았음을 가리킨 것이다. 소주小註……이촌의 〈능금꽃 떨어지다 來禽花落〉라는 시는 다음과 같다.

오련붉은 꽃잎 봄을 부축해 늙은 가지에 피어나니　朱白扶春上老柯
누구를 위해 단장했나 촌사람 집을.　爲誰粧點野人家
한밤중 비바람에 초췌해질까 저어했더니　三更風雨驚僝僽
가지 가득한 능금꽃 다 떨구어 버렸네.　落盡來禽滿樹花[11]

심어촌의 두견시는 다음과 같다.

---

11 漁村詩 渾厚富艶 不讓湖陰 而松溪評 中廟以來大家 不在選中 抑不知何意歟 余閱北邊樓題 讀公之詩 未嘗不指眼而擊節也 嶺東驛曰 寵辱悠悠兩自驚 飄零何處着殘生 天邊落日懷鄉淚 寒外窮秋去國情 雲葉亂飛山盡黑 月輪低照海全明 羈愁此夜偏多緖 坐對青燈到五更 輸城驛曰 去國經秋滯塞城 異方雲物摠關情 洪河欲濟無舟子 寒木將枯有寄生 自笑謀身非直道 還慙欺世坐虛名 曉來拓戶臨青海 旭日昭昭照膽明 如此等作 豈下於湖陰輩邪 下詩第四句 指安老敗而餘黨未殄也 小註……漁村來禽花落曰 朱白扶春上老柯 爲誰粧點野人家 三更風雨驚僝僽 落盡來禽滿樹花: 許筠, 「鶴山樵談」, 『惺所覆瓿稿』 卷26

삼 개월 섬길 임금 없어 이 몸을 조문하나니	三月無君弔此身
두견새 울음소리에 다시 슬픔 견디기 어렵네.	杜鵑聲裏更悲辛
산중에서도 신하의 의리 폐하지 않나니	山中不廢爲臣義
서천에 두 번 절하던 사람을 따라한다네.	準擬西川再拜人

작품의 뜻이 너무도 서글프니, 모두 충심에서 나온 것으로, 임금을 사모하는 정성이 말 밖에 넘쳐난다. 저 아로새겨 꾸미기나 하는 자는 정말 싫증난다.[12]

교산 허균(蛟山 許筠·1569~1618)의 시화집이자 시평집인 『학산초담』은 역대 문헌들 가운데 어촌의 시와 관련하여 가장 많은 내용과 논평을 싣고 있는 귀중한 자료다.

여기에서 교산은 어촌 시의 풍격적 특징 가운데 하나로서 '웅혼하고 도타우며 화려하고 아름답다 渾厚浮艶'는 평과 함께, 호음의 시에 견주어 전혀 뒤질 것이 없음에도 송계 권응인(松溪 權應寅·생몰년 미상: 16세기 중후반에 활동)이 어촌의 시를 대가들의 반열에 선평選評해 놓지 않았음을 도무지 납득하기 어렵다고 했다. 그리고는 두 편의 칠언율시를 실례로 들면서, 구절마다 새삼 찬탄해 마지 않을 수 없으니, 이같은 작품들이 어찌 호음의 무리만 못하겠느냐고 구체적으로 반문하고 있다. 이어 어촌 작품의 한 대목이 의미하는 바에 대한 해석을 덧붙이면서, 소주小註를 통해서는 『어촌집』에 수록되어 있지 않은 〈능금꽃 떨어지다 來禽花落〉라는 시를 소개하였다.

먼저, 맨 앞에서 교산이 '영동역' 시로 소개하고 있는 작품은, 함경

12 沈漁村 杜鵑詩曰 三月無君弔此身 杜鵑聲裏更悲辛 山中不廢爲臣義 準擬西川再拜人 二作意甚悲愴 皆出肺腑 思親愛君之誠 藹然言表 彼雕飾者可厭: 許筠, 「鶴山樵談」, 『惺所覆瓿稿』 卷26

도 관찰사 시절의 시편들을 엮은 『어촌집』 권5 『북정고』에 수록되어 있는 〈영동역에서 유숙하며 느낌이 있어 짓다 宿嶺東驛有感〉라는 칠언율시다. 이 작품에서 어촌은 중앙의 정쟁에서 밀려나 변방의 외직을 떠도는 서글픈 심경과 함께, 시름에 겨운 자신의 처지를 깊은 사념과 함께 선연하게 그리고 있다. 특히 총애와 모욕 둘 다를 겪어 스스로 놀란다는 말에 이어, 쌀쌀한 바람에 구름처럼 어지러이 일어 하늘을 까맣게 덮는 낙엽과 나직이 떠올라 사해를 밝게 비추는 둥근달의 대조적 정경을 통해, 자신이 놓여 있는 처지와 임금의 덕화이자 총애를 기리는 심경을 감각적 이미지로 형상화하고 있다. 교산의 찬탄이자 고평은 특히 여기에 초점이 맞추어져 있는 것이 아닌가 생각된다.

다음으로 교산이 말하는 '수성역' 시는, 역시 『어촌집』 권5 『북정고』에 수록되어 있는 〈경성 주촌역에서 느낌이 있어 짓다 鏡城朱村驛有感〉라는 칠언율시다. 이 작품에서 어촌은 황량한 변방을 떠돌며 고향을 그리는 쓸쓸한 심경과 함께, 그와 같은 자신의 처지가 기실 스스로의 허물로부터 비롯된 것임을 직설적으로 뉘우치면서, 다시금 새로운 마음가짐으로 올바른 도리를 행할 것임을 다짐하고 있다. 자신이 처해 있는 현실의 모습을 '넓은 강 건너고 싶으나 뱃사공이 없고, 겨울나무 말라가도 겨우살이는 매달렸네.'라 그리고 있는 함련頷聯의 복합적 비유가 탁월하고, 진정성이 배어나는 경련頸聯의 자기고백을 거쳐, '새벽에 문을 열고 푸른 바다 마주하니, 아침 해 밝고 밝아 간담을 환히 비추네.'라는 미련尾聯의 일신된 분위기 묘사와 자기다짐이 청신한 이미지와 더불어 여운을 남긴다. 예의 교산의 찬탄이자 고평은 이 작품의 경우 여기에 초점이 맞추어져 있지 않은가 생각된다.

특히 이 작품 함련의 아랫구 '겨울나무 말라가도 겨우살이는 매달렸네.'에 대해 교산은 '김안로가 죽었지만 그의 잔당은 아직 다 죽지 않았음을 가리킨다.'는 말을 덧붙이고 있는데, 이 구절에 대해서는 그의 시화집인 『성수시화』에서도 해당 대목만을 직접적으로 거론하여 평을 덧붙이고 있으며, 후대의 여러 문헌들에서도 비슷한 논평이 이루어지고 있음을 확인할 수 있다.

소주에 소개한 〈능금꽃 떨어지다 來禽花落〉라는 어촌의 작품에 대해서는, 교산의 시선집인 『국조시산』에서도 작품 전문을 소개하고 간략한 평을 덧붙이고 있기에, 거기에서 좀더 구체적으로 살펴보기로 한다.

그리고 『학산초담』의 또 다른 대목에서 '두견시'로 거론하고 있는 작품은, 1538년 강릉으로 낙향한 이후 1540년 세상을 뜰 때까지의 시기에 지어진 시편들을 모아 엮은 『어촌집』 권10 『귀전록』에 수록되어 있는 〈운계사에서 두견새 울음을 듣다 雲溪寺聞杜鵑〉라는 칠언절구다. 이 작품에 대해 교산은 행간에 배어 있는 뜻이 너무도 서글픈바, 마음 속 깊은 곳에서 우러나는 연군의 정이 간절하다 못해 말 밖에 넘쳐난다고 했다. 그러면서 수식과 기교를 일삼는 무리들의 시와는 그 격이 전혀 다르다는 평을 덧붙이고 있다.

이 작품 기구起句의 '삼 개월 섬길 임금 없어'는 『예기』와 『맹자』에 나오는 말로서, 그렇게 되면 조문을 한다는 말에 유래를 두고 있다. 또 결구結句의 '서천에 두 번 절하던 사람'은 두견새가 촉蜀 나라 망제望帝의 혼으로 서천에 살고 있다는 유래에 근거를 두고서, 어촌이 조정에 계신 임금에 대해 신하의 예를 행하는 것으로 볼 수 있다.[13] 적막한 산중에 울려 퍼지는 서글픈 두견새 울음소리에 슬픔이 복받치는 상황에서도, 연군의 애틋한 정을 실어 신하의 예를 갖추는 어촌의 모습이 작품에 흥건히 배어 있음을 느낄 수 있다. 교산의 평은 그 충심어린 진정성에 초점이 맞추어져 있는 것으로 보이며, 따라서 예사

13 『國譯 漁村集』, 596면 참조.

연군시에서 어렵지 않게 볼 수 있는 수식과 기교가 덧씌워진 경우와는 그 격이 현저히 다르다는 평을 한 것으로 보인다.

(3) 『성수시화』: 1611년(『성소부부고』 권25 · 설부4)

심어촌은 늘그막에 김안로와 사이가 벌어지게 되자 내쫓겨 북도방백이 되었는데 시를 짓기를,

넓은 강 건너고 싶으나 뱃사공이 없고	洪河欲濟無舟子
겨울나무 말라가도 겨우살이는 매달렸네.	寒木將枯有寄生

라고 했으니, 대개 후회하는 마음이 싹튼 것이리라.[14]

앞의 『학산초담』에서 거론한 바 있는 『어촌집』 권5 『북징고』에 수록되어 있는 〈경성 주촌역에서 느낌이 있어 짓다 鏡城朱村驛有感〉라는 칠언율시의 함련만을 따로 언급한 대목이다. 어촌이 함경도 관찰사의 외직에 좌천된 것이 김안로와의 불화에 원인이 있음을 직접적으로 기술하면서, 어촌이 기묘사화己卯士禍에서 화를 입은 사림들을 복권·등용할 수 있으리라는 기대로 유배 가 있던 김안로를 궁중에 다시 끌어들인, 어촌 생애에 천추의 한이 된 그 일을 후회하는 마음이 행간에 배어 있음을 새삼 지적하고 있다.

14 沈漁村晩與安老有隙 出爲北方伯 有詩曰 洪河欲濟無舟子 寒木將枯有寄生 蓋悔心之萌乎: 許筠, 「惺叟詩話」, 『惺所覆瓿稿』 卷25 說部4

(4) 『국조시산』: 17세기 초엽(시 권3 칠언절구·「심언광」)

〈능금꽃 떨어지다〉

오련붉은 꽃잎 봄을 부축해 늙은 가지에 피어나니	朱白扶春上老柯
누구를 위해 단장했나 시골사람 집을.	爲誰粧點野人家
한밤중 비바람에 초췌해질까 저어했더니	三更風雨驚僝僽
가지 가득한 능금꽃 다 떨구어 버렸네.	落盡來禽滿樹花

*품평批: 아래 절구와 함께 두 수가 모두 맛이 있다.

〈낙화〉

들복숭아꽃 지고 잎이 막 돋는데	野桃花謝葉初生
비오고 바람 불자 나비 날개인양 가볍네.	雨後風前蝶翅輕
가지 위 늦게 핀 꽃잎은 채 지지 않았으니	枝上晩紅猶未落
서낭이 늙었어도 정이 많아서라네.	徐娘雖老尙多情

*품평批: 비유를 끌어다 쓴 것이 아주 좋다.[15]

두 작품 모두 『어촌집』에는 수록되어 있지 않기에, 자료 자체로서 가치가 높다. 이 절구 두 수와 관련하여 교산은 '모두 맛이 있다 具有味'라는 단평을 통해 시적 묘미가 돋보임을 지적하고 있으며, 특히 〈낙화 落花〉에 대해서는 전고典故를 끌어들인 비유가 각별히 두드러짐을 지적하고 있다.

---

15 來禽花落 朱白扶春上老柯 爲誰粧點野人家 三更風雨驚僝僽 落盡來禽滿樹花 *批 二絶具有味 落花 野桃花謝葉初生 雨後風前蝶翅輕 枝上晩紅猶未落 徐娘雖老尙多情 *批 引譬好: 許筠, 『國朝詩刪』 詩 卷3 七言絶句·「沈彦光」

먼저, 〈능금꽃 떨어지다 來禽花落〉에서의 '래금來禽'은 꽃이 떨어져 능금이 익을 때 쯤 날짐승이 날아오기 때문에 붙여진 능금의 별칭이다.[16] 능금나무 늙은 가지에 '오련붉은 朱白' 즉 엷고 고운 붉은 빛 감도는 흰 꽃잎의 기운이 봄기운을 북돋우어 점점이 피어난 것이, 시골에서 늙어가는 자신의 집을 단장할 양으로 피어난 듯 싶어 얼굴에 화색이 돌았는데, 간밤 사나운 비바람 몰아쳐 초췌하게 만들까 염려에 조바심냈더니만, 아침에 이르러 보니 이내 가지 가득 피었던 그 꽃잎들을 다 떨구어 버렸다는 것이다. 봄날의 애상이 서정자아의 다감한 정서와 함께 점점이 묻어나면서, 시골 궁벽한 곳에서 늙어가며 자그마한 위안조차 여의롭지 못한 심경이 행간에 가득 넘쳐난다.

다음으로, 〈낙화〉의 묘미는 특히 전구의 '늦게 핀 꽃잎 晩紅'을 결구에 등장하는 '서낭徐娘'의 전고를 대비시켜 비유의 묘를 살린 데 있다. '서낭'은 중국 양나라 원제元帝의 비 서씨를 말하는데, 용모가 뛰어나지 못해 원제로부터 사랑을 입지 못하여 32년 동안 한 번 밖에 동침하지 못한 터에, 용모가 뛰어난 원제의 신하 계강季江과 간통하였는바, 계강이 항상 "서낭은 늙었어도 다정하기만 하구나."라고 감탄하였다 한다.[17] 이같은 서낭의 고사를 끌어들이긴 했지만, 들복숭아꽃이 지고 잎이 막 돋아나는 늦은 봄날, 비바람 몰아치자 상기 지지 않은 꽃 몇 이파리가 나비 날개인 양 가볍게 나풀거리건만, 그 몇 남지 않은 꽃잎들 사이에 늦게 피어난 꽃잎 채 지지 않은 것이, 마치 '늙었어도 다정하기만 한' 서낭 같다는 것이다. 궁벽한 시골에서 '들복숭아'로 사는 자신이지만, 세상을 향한 다사로운 정 만큼은 늙어 가면서도 가슴 한 켠에 오롯이 간직하고 있음을 애잔한 듯 담담하게 노래

16 강석중 외 3인 지음, 『허균이 가려뽑은 조선시대의 한시·3』, 문헌과해석사, 1999, 43면 참조.

17 같은 책, 46면 참조.

하고 있는 작품이다.

이와 같은 묘미들이 두 작품에 배어 있음을 가리켜 교산은 '모두 맛이 있다 具有味'라고 평한 것으로 보이며, 특히 〈낙화〉에 대해서는 '만홍晩紅'을 '서낭徐娘'에 포개어 댄 것이 각별히 두드러지기에, '비유를 끌어다 쓴 것이 아주 좋다 引譬好'라고 평한 것으로 보인다.

(5) 「어촌집서」: 1683년(『어촌집』 권수)

> 시부詩賦 등에 이르러서는, 모두 기력이 혼연히 굳세고 氣力渾剛 물 흐르듯 노련하여 波蘭老成, 억지를 부리거나 기교를 일삼지 않았다. 여기서 우리나라 성대한 시기의 언어와 문장을 볼 수 있으니, 말년의 쇠퇴한 시기의 그것과는 스스로 구별되는 것이다.[18]

중간본 『어촌집』에 수록되어 있는 서하 이민서(西河 李敏敍·1633~1688)의 「어촌집서」의 한 대목이다. 서하는 우암 송시열(尤菴 宋時烈·1607~1689)의 문하에서 수학한 이로서, 문장과 글씨에 뛰어나 많은 시문을 남긴 인물로 알려져 있다.

여기에서 서하는 어촌 시의 풍격에 대해 '기력이 혼연히 굳세고, 물 흐르듯 노련하다 氣力渾剛 波蘭老成'는 평을 하고 있다. 이와 함께 '억지를 부리거나 기교를 일삼지 않았다 無穿鑿纖巧之態'고 했는데, 이러한 평은 교산이 『학산초담』에서 『어촌집』 권10 『귀전록』에 수록되어 있는 〈운계사에서 두견새 울음을 듣다 雲溪寺聞杜鵑〉라는 칠언절구를 두고, '서글픈 뜻이 충심에서 우러나온 것이어서 연군의 정이 말 밖에

18 至其他詩賦諸作 皆氣力渾剛 波蘭老成 無穿鑿纖巧之態 可見其國朝盛時 言語文章自別於衰季也: 李敏叙, 「漁村集序」, 『漁村集』 卷首

넘쳐나니, 수식과 기교를 일삼는 무리들의 시와는 그 격이 전혀 다르다.'는 평과 상통하는 것으로 볼 수 있다.

(6) 「시장」: 1761년(『어촌집』 권13)

그 문장이 바르고 우아爾雅하여 관각에 연이어 등용되어 명문과 대책이 많이 그의 손에서 나왔으며, 더욱이 시에 뛰어나 건실하고 풍부하며 화려健富麗하여 스스로 일가를 이루었다. 일찍이 조칙詔勅을 가지고 온 사신 공용경 오희맹과 더불어 수창酬唱한 시가 당시에 널리 읊어졌다.……공은 구설수를 만난 후부터는 고향마을로 물러나 살면서 경호鏡湖 곁에 집을 짓고 낚시질하고 술마시며 시를 읊는 것으로써 스스로 즐거워하는 한편, 시대를 걱정하고 임금을 사랑하며 자신을 반성하여 자책하는 뜻이 간간이 노래와 시 사이에 나타났다. 일찍이 두견시杜鵑詩와 일출시日出詩를 지어 스스로 비탄하였고, 저술한 시문으로 『어촌집』 4권이 세상에 간행되었다.[19]

문암 이의철(文庵 李宜哲·1703~1778)의 「시장」 역시 중간본 『어촌집』에 수록되어 있는데, 여기에서 문암은 어촌의 문장이 바르고 우아爾雅하여 당대 홍문관·예문관 등 언관言官에서 작성한 글들이 그의 손에서 많이 나왔으며, 관반사館伴使의 직무를 수행하던 시기에 중국 사신들과 수창한 시들이 당시에 널리 읊어졌음을 말하고 있어, 어촌이 관각문학에 가견이 있었음을 지적하고 있다.

---

19 其文章爾雅 延登館閣 名文大策 多出其手 尤長於詩 遒健富麗 自成一家 嘗儐詔使龔用卿吳希孟 酬唱盛一時……公自遭口語 退處鄉里 築室鏡湖之傍 以漁釣觴詠自娛 其憂時愛君 反己自訟之意 往往發於歌詩之間 嘗作杜鵑日出詩以自悲 所著詩文有漁村集四卷 行于世: 李宜哲, 「諡狀」, 『漁村集』 卷13

이와 함께 문암은 어촌 시의 풍격에 대해 '건실하고 풍부하며 화려하다 健富麗'는 평을 함으로써, 그의 시편들에 강건한 의지를 바탕으로 한 주제의식과 풍부하면서도 아름다운 표현의 묘가 돋보임을 지적하고 있다. 아울러 말년에 낙향하여 생활하는 가운데 지어진 시편들에는, 풍류운사의 정취가 묻어나는 작품들과 함께, 우국·연군의 정을 담은 작품들, 환로宦路시절 김안로와 결부된 일들에 대한 자책을 담은 작품들 또한 간간이 지었음을 말하고 있다.

그리고 여기에서 문암이 말하는 '두견시'는 역시 교산이 『학산초담』에서 거론한 『어촌집』 권10 『귀전록』에 수록되어 있는 〈운계사에서 두견새 울음을 듣다 雲溪寺聞杜鵑〉라는 칠언절구를 일컫는 것으로 보인다. 또한 '일출시'는 같은 『어촌집』 권10 『귀전록』에 수록되어 있는 〈운계사에서 일출을 바라보다 雲溪寺望日出〉라는 칠언절구를 가리키는 것으로 보이는데, "밝은 빛이 조각 구름조차 가리지 않았고 / 바다 밑 붉은 수레바퀴에 푸른 파도 용솟음치네./ 바라건대 나머지 빛을 오래도록 밝게 비추어 / 이 몸의 간담이 본래 사악하지 않음을 보시라. 光明不被寸雲遮 海底紅輪湧碧波 願枉餘輝長洞照 此身肝膽本無邪"라는 내용에서 알 수 있듯, 한 때의 착각으로 낙척落拓의 처지에 놓여 있지만, 가슴 속 깊숙이 간직한 우국충정의 의지 만큼은 맑고도 순수한 것이었음을 술회하고 있다. 문암은 바로 이같은 어촌의 심경을 헤아려 두 작품을 각별히 따로 거론한 것으로 보인다.

(7) 『성호사설』: 1760년 무렵(권21 경사문·「심언광」)

중종 말기에 심언광이 내쫓겨서 북도 감사가 되었을 때 지은 시가 있었는데,

넓은 강 건너고 싶으나 뱃사공이 없고　　洪河欲濟無舟子

겨울나무 말라가도 겨우살이는 매달렸네.　　　寒木將枯有寄生

라 했으니, 사람들은 이 시를 후회하는 마음에서 지은 것이라 하였다. ……안로가 패몰되기에 이르러서는, 어떤 이는 죽음을 당하고, 어떤 이는 귀양을 갔는데, 언광의 시는 이런 일 때문에 지어졌던 것이다.[20]

앞에서 살핀 교산의 『학산초담』에 전문이 소개되어 있고 『성수시화』에서 이 대목만을 거듭 거론한 바 있는 『어촌집』 권5 『북정고』에 수록되어 있는 〈경성 주촌역에서 느낌이 있어 짓다 鏡城朱村驛有感〉라는 칠언율시의 함련만을 따로 언급한 것으로서, 『성수시화』의 내용과 대동소이하다.

(8) 『해동역사』: 19세기 초엽(권69 인물고3 본조·「심언광」)

자구의 망원정望遠亭 시에,

흰 기러기는 찬 물가에 기대어 있고　　　白雁依寒渚
푸른 나귀 작은 다리 건너가누나.　　　青驪渡小橋

라고 한 시구가 있는데, 자못 만당晩唐 시인의 풍격과 운치가 넘쳐난다.[21]

---

20 中廟之末 沈彦光黜爲北路監司 有詩云 洪河欲渡無舟子 寒木將枯有寄生 人謂悔心之萌……至安老敗 或誅或竄 彦光之詩 爲此而發也: 李瀷, 『星湖僿說』 卷21 經史門·沈彦光

21 子求望遠亭詩有曰 白雁依寒渚 青驪渡小橋之句 頗饒晩唐人風韻: 韓致奫, 『海東繹史』 卷69 人物考3 本朝·沈彦光

'자구子求'는 어촌의 또다른 자다.[22] 한치윤(韓致奫·1765~1814)은 위의 『해동역사』에서 어촌의 시 한 대목을 들어, '자못 만당 시인의 풍격과 운치가 넘쳐난다 頗饒晩唐人風韻'고 하였다.

위 시는 『어촌집』 권7 『관반시잡고』에 수록되어 있는 〈부사의 시에 차운하다 次副使韻〉(오언율시 2수, 칠언율시 1수) 가운데 두 번 째 오언율시의 경련頸聯이다. 그 전문은, "정자는 멀리 굽이치는 강을 끌어당기고, 하늘은 아득히 넓은 언덕을 품어안았네./ 유리 구슬빛은 수면 위로 펼쳐졌고, 복숭아 오얏꽃은 산허리를 둘렀네./ 흰 기러기 찬 물가에 기대어 있고, 푸른 나귀 작은 다리 건너가네./ 허전한 이 마음 술로 달래도, 내일 아침이면 아득히 멀어지리라. 亭控長江遠 天銜闊岸遙 玻瓈開水面 桃李匝山腰 白雁依寒渚 青驢渡小橋 肝腸托樽酒 雲樹隔明朝"이다.

미련尾聯의 내용으로 보아 중국 사신과의 이별을 제재로 한 것이지만, 미련에 이르기 전까지, 그리고 특히 경련에서 보여주는 선명한 색조의 대비를 배경으로 환기되는 이미지의 섬세함과 감각적 정취 및 낭만적 정서는, 한치윤의 평 그대로 만당의 풍격과 운치가 점점이 묻어난다 할 것이다.

2) 역대 평을 통해 본 어촌 시세계의 특징적 면모

어촌의 시는 그가 생존·활동하던 당대 최고의 시인으로 일컬어지던 호음 정사룡의 시와 자주 비교되었으며, 그와 견주어 전혀 뒤질 것이 없다는 데 대체로 견해를 함께하고 있는 것으로 보인다. 그런 면에서 어촌의 시재詩才가 돋보이는 일화들이 『조선왕조실록』에 등장하

22 어촌의 字로 '士炯'이 널리 알려져 있다.

는 것 자체가 그의 시적 자질과 능력에 대한 세인들의 인식과 평을 대변한다고도 할 것이다.

특히 교산은 그의 『학산초담』에서 어촌 시의 풍격적 특징 가운데 하나로서 '웅혼하고 도타우며 화려하고 아름답다 渾厚浮艶'는 평과 함께, 호음의 시에 견주어 전혀 뒤질 것이 없다는 사실을 〈영동역에서 유숙하며 느낌이 있어 짓다 宿嶺東驛有感〉·〈경성 주촌역에서 느낌이 있어 짓다 鏡城朱村驛有感〉라는 칠언율시 두 편을 실례로 들면서, 구절마다 새삼 찬탄해 마지 않을 수 없다고 했다.

또한 교산은 『학산초담』의 또 다른 대목에서 〈운계사에서 두견새 울음을 듣다 雲溪寺聞杜鵑〉라는 칠언절구를 들어, 행간에 배어 있는 뜻이 너무도 서글픈 바, 마음 속 깊은 곳에서 우러나는 연군의 정이 간절하다 못해 말 밖에 넘쳐난다고 했다. 교산의 평은 그 충심어린 진정성에 초점이 맞추어져 있는 것으로 보이며, 따라서 예사 연군시에서 어렵지 않게 볼 수 있는 수식과 기교가 덧씌워진 경우와는 그 격이 현저히 다르다는 평을 한 것으로 보인다.

나아가 교산은 『국조시산』에서, 『어촌집』에는 수록되어 있지 않은 〈능금꽃 떨어지다 來禽花落〉와 〈낙화 落花〉 두 편을 거론하면서, 절구 두 수가 '모두 맛이 있다 具有味'라는 단평을 통해 시적 묘미가 돋보임을 지적하고 있으며, 특히 〈낙화〉에 대해서는 전고를 끌어들였으면서도 그 이미지의 배치가 각별히 두드러지기에, '비유를 끌어다 쓴 것이 아주 좋다 引譬好'라고 평한 것으로 보인다.

그런가 하면, 서하 이민서는 「어촌집서」에서, 어촌 시의 풍격에 대해 '기력이 혼연히 굳세고, 물 흐르듯 노련하다 氣力渾剛 波蘭老成'는 평과 함께, '억지를 부리거나 기교를 일삼지 않았다 無穿鑿纖巧之態'고 평하고 있다. 또 문암 이의철은 『어촌집』 말미에 실린 「시장」에서, 어촌의 문장이 바르고 우아하여 당대 홍문관·예문관 등 언관言官에서 작성한 글들이 그의 손에서 많이 나왔으며, 관반사館伴使의 직무를 수행하던 시기에 중국 사신들과 수창한 시들이 당시에 널리 읊어졌음을 말하고 있어, 어촌이 관각문학에 가견이 있었음을 지적하고 있다. 이와 함께 문암은 또한 어촌 시의 풍격에 대해 '건실하고 풍부하며 화려하다 健富麗'는 평을 함으로써, 그의 시편들에 강건한 의지를 바탕으로 한 주제의식과 풍부하면서도 아름다운 표현의 묘가 돋보임을 지적하였다.

끝으로, 한치윤이 『해동역사』의 「인물고」에서 논평한 바, 〈부사의 시에 차운하다 次副使韻〉와 같은 작품에서는, 탁월한 경물 묘사를 통해 섬세한 이미지와 감각적 정취 및 낭만적 정서를 환기하는 능력 또한 뛰어나, '만당 시인의 풍격과 운치를 갖추고 있다 頗饒晩唐人風韻'는 사실을 상기시켰다.

이렇게 볼 때, 역대 문헌들에 나타난 평들을 근거로 한 어촌 시세계의 특징적 면모는, 우선 기풍의 면에서 '웅혼하고 도타우며 화려하고 아름다움'·'기력이 혼연히 굳세고, 물 흐르듯 노련함'·'건실하고 풍부하며 화려함'으로 함축할 수 있다. 그리고 격조의 면에서는 '수식과 기교를 배제한 진정성이 돋보임'·'만당시의 풍격과 운치를 갖추고 있음'으로 함축할 수 있다. 나아가 여기에다 어촌이 관각시에도 가견을 가진 시인이었음을 부연할 수 있다.

이와 같은 사실들이 의미하는 바는, 어촌이 지향하고 있는 시세계가 크게 보아 문예미학적 수사와 기교를 중시하는 관인문학에 무게 비중이 놓여 있으면서도, 다른 한편으로 내면의 흥취와 정신을 중시하는 사림문학에도 맥락이 닿아 있는 것으로 볼 수 있다. 어촌 시의 시적 성취는 이와 같은 특징적 면모들이 여실히 투영되어 있는 작품들로부터 확인 가능하다 할 것이다.

4. 맺음말

이 글은 우리 한시사에서 16세기 전반을 대표하는 시인 가운데 한 사람이면서도 그동안 별다른 조명을 받지 못한 어촌 심언광의 시세계에 개괄적으로 접근하여, 현전하는 그의 한시 작품수를 파악하여 유형적 양상을 살피고, 그의 시와 시세계에 결부된 역대 문헌들에 전하는 평들을 한 자리에 모아 그 특징적 면모들을 작품론에 입각한 논의와 함께 정리·논의하였다.

우선, 현전하는 어촌의 한시 작품수는 중간본『어촌집』에 전하는 848수와, 여기에 실리지 않고 교산 허균의『국조시산』에 소개되어 있는 2수를 더하여, 도합 850수로 파악하였다. 이들 850수를 형식별로 갈래지어 보면, 율시가 전체 작품의 60%를 넘어설 만큼 압도적인 비중을 차지하고 있으며, 절구·율시·배율에 상관 없이 특히 '7언'이 많다. 이같은 사실에 비추어 볼 때, 어촌은 율시를 즐겨 창작하는 가운데 각별히 '7언'을 선호하였음을 알 수 있다.

또한 이들 850수의 내용을 작품 창작 계기 및 제재에 초점을 맞추어 술회시·유람시·교유시·관각시·애도시·영사시·경물시 등의 유형으로 대별해 보면, 술회시가 가장 많은 비중을 차지하는 가운데, 외직 경험이 많은 탓에 유람시 또한 적잖은 비중을 차지하며, 교유시·관각시·애도시에 있어서 여느 사대부들에 견주어 많은 작품을 창작한 점이 두드러진다.

한편, 어촌의 시와 시세계에 대한 평은 그의 사후 띄엄띄엄 이루어졌는데, 이를 기반으로 작품론적 실상에 입각해 살펴보면, 기풍의 면에서는 '웅혼하고 도타우며 화려하고 아름다움 渾厚浮艶'·'기력이 혼연히 굳세고 물 흐르듯 노련함 氣力渾剛 波蘭老成'·'건실하고 풍부하며 화려함 健富麗'이 두드러진 것으로 이해되며, 격조의 면에서는 '수식과 기교를 배제한 진정성이 돋보임 無穿鑿纖巧之態'·'만당시의 풍격과 운치를 갖추고 있음 頗饒晩唐人風韻'이 두드러진 것으로 함축할 수 있다. 이와 같은 기풍과 격조로부터 어촌이 지향하는 시세계가 문예미학적 수사와 기교를 중시하는 관인문학에 무게비중이 놓여 있으면서도, 다른 한편으로 내면의 흥취와 정신을 중시하는 사림문학에도 맥락이 닿아 있음을 헤아릴 수 있다.

이상에서 살핀 어촌 시세계의 유형적 양상과 특징적 면모들은 이 글의 서두에서 밝힌 것처럼 어촌의 시세계를 본격적으로 조명하기 위한 기초자료로서, 그가 평생을 통해 펼쳐나간 시세계의 특징과 시적 성취에 대한 체계적 연구의 거점이자 판단 준거로써 활용될 필요가 있다. 이 글의 의미는 이러한 본격적 체계적 연구의 거점이자 판단 준거를 마련하고자 한 데 있다.

참고문헌: 어촌 심언광 관련 논저 현황

〈자료〉

『國譯 漁村集』, 강릉문화원, 2006.
『朝鮮王朝實錄』
李瀷, 『星湖僿說』 卷21 經史門·沈彦光
李敏叙, 「漁村集序」, 『漁村集』 卷首
李宜哲, 「諡狀」, 『漁村集』 卷13
韓致奫, 『海東繹史』 卷69 人物考3 本朝·沈彦光
許筠, 『國朝詩刪』 詩 卷3 七言絶句·「沈彦光」
____, 「惺叟詩話」, 『惺所覆瓿稿』 卷25 說部4
____, 「鶴山樵談」, 『惺所覆瓿稿』 卷26

〈논저〉

강석중 외 3인 지음, 『허균이 가려뽑은 조선시대의 한시·3』, 문헌과해석사, 1999.
강지희, 「어촌 심언광의 영사시에 대한 일고찰」, 『제3회 어촌 심언광 전국 학술세미나 자료집』, 강릉문화원, 2012.
김성수, 「沈彦光의 삶과 정치-학문과 정치론을 중심으로」, 제3회 어촌 심언광학술세미나 자료집, 강릉문화원, 2012.
김은정, 「어촌 심언광의 생애와 시세계」, 『한국한시작가연구』 5, 한국한시학회, 2000.
______, 「어촌 심언광의 교유시 연구」, 『어촌 심언광 연구총서』 1, 강릉문화원, 2010.
김진균, 「어촌 심언광의 산문에 대하여」, 『제6회 어촌 심언광 학술세미나 자료집』, 강릉문화원, 2015.
김형태, 「어촌 심언광 시의 자연인식과 상징성 연구」, 『동방학』 24, 한서대 동양고전연구소, 2012.
박도식, 「어촌 심언광의 생애와 경세론」, 어촌 심언광 학술총서제1집, 강릉문화원, 2010.
______, 「어촌 심언광의 守令觀」, 제2회 어촌 심언광 학술세미나 자료집, 강릉문화원, 2011.
______, 「어촌 심언광의 국방론」, 제4회 어촌 심언광 학술세미나 자료집, 강릉문화원, 2013.
박동욱, 「조선 지방관의 고단한 서북체험」, 『제3회 어촌 심언광 전국 학술세미나 자료집』, 강릉문화원, 2012.

박영주, 「어촌 심언광 시세계의 양상과 특징」, 『고시가연구』 27, 한국고시가문학회, 2011.
박용만, 「심언광의 『皇華集』 수록 한시에 대한 고찰」, 『제6회 어촌 심언광 학술세미나 자료집』, 강릉문화원, 2015.
박종우, 「어촌 심언광 한시의 風格과 미적 특질, 『어촌 심언광의 문학과 사상』(어촌 심언광 연구총서 2), 강릉문화원, 2014.
박해남, 「어촌 심언광의 시문학 고찰」, 『제2회 어촌 심언광 전국 학술세미나 자료집』, 강릉문화원, 2011.
송수환, 「어촌 심언광의 '십점소' 고찰」, 제3회 어촌 심언광 학술세미나 자료집, 강릉문화원, 2012.
신익철, 「심언광의 동관록과 귀전록에 나타난 공간 인식과 그 의미」, 『어촌 심언광 연구총서』 1, 강릉문화원, 2010.
이한길, 「어촌 심언광의 경포 관련 한시 고찰」, 『임영문화』 제31집, 강릉문화원, 2007.
______, 「어촌 심언광의 한시 고찰」, 『어촌 심언광 연구총서』 1, 강릉문화원, 2010.
이혜정, 「어촌 심언광의 삶과 교우관계」, 제4회 어촌 심언광 학술세미나 자료집, 강릉문화원, 2013.
하정승, 「어촌 심언광 한시에 나타난 죽음의 형상화와 미적 특질」, 동양학 제55권, 단국대학교 동양학연구소, 2014.
한춘순, 「어촌 심언광의 정치 역정과 생애」, 제2회 어촌 심언광 학술세미나 자료집, 강릉문화원, 2011.